ひのひかり

初夏谒日光

风雅俳句 夏

郑民钦——编著

中国出版集团 现代出版社

俳句的魅力

俳句是日本民族传统文学的一种形式，是世界上最短的诗。

俳句古称俳谐，至近代始称俳句，一般认为产生于室町时代（1334—1600）的中期以后，其源发于连歌，是俳谐连歌的发句。

俳谐脱胎于连歌，连歌又诞生于和歌，所以季语的根源可以追溯到和歌。在“季语”这个术语产生之前，先有“季题”；在“季题”之前，先有“题目”，即“季之题”。其实，“季题”“季语”都是近代才出现的，古代称为“季之词”“季之题”，或单独一个字“季”。季题源于中国诗人的“题咏”，为和歌、连歌所继承，意为“季节的题目”。“季语”就是尤其在连歌的发句中备受重视的“季之词”，具有将发句的季题所引发的诗情具象化的作用。“季题”“季语”

均产生于近代，1908 年大须贺乙字首次使用“季语”一语。大须提出“季感象征”的理论，将形成季节核心的自然物象称为“季语”。俳谐、俳句重视日常生活中的季节感，季语就是“岁时记”中收录的“季节的词汇”。

俳谐的鼻祖当为山崎宗鉴（?—1553？）和荒木田守武（1473—1549）。他们把发句从连歌中分离出来，制定俳谐格式。发句有一定之规，必须具备五七五共三句十七音、切字（表示断句、咏叹或调整语调的助词、助动词等）、季语的条件，在某种程度上体现整首连歌的内容气质，具有一定的完整性，这就为以后发句的独立创造了条件。在这里，季语是发句不可或缺的三大条件之一。

至江户时代（1603—1867），松尾芭蕉（1644—1694）对俳谐进行革新，把俳谐变成真正表现自己内心生活的形式，通过俳谐表现汉诗、和歌、连歌等无法表现的美学情趣，创造出一种抒情诗般的俳谐美，并创立使俳谐获得更高更深层次的“风雅之道”的闲寂俳谐理论，从而使俳谐走上真正的艺术道路，进入文学艺术的殿堂，开创了俳句的黄金时代。由于对俳谐的贡献，芭蕉被日本人尊为“俳圣”。

“蕉风”俳句之后，江户时代中期诞生了可与芭蕉媲美的俳人与谢芜村（1716—1783），江户时代后期的小林一茶（1804—1829）是俳谐大众化的杰出俳人。

近代俳句始于明治时代（1868—1911）的正冈子规（1867—1902），他是和歌、俳谐革新运动的杰出旗手，虽然芜村时代已经出现发句从连句中脱离出来的苗头，但发句的完全独立基于子规的文学理论。他将独立出来的发句“俳谐”改名为“俳句”，其含意就是“个体”文学艺术的自觉性。在俳句近代化的过程中，首先必须确定季节感，子规在《俳谐大要》中指出：季语所引发的四季联想在只有十七音的简短俳句中具有重要的作用。他提倡写生，可以说，只有摆脱旧式的季题趣味，俳句才能获得新生。

季语赋予俳句以生命，诞生于四季风土的大自然以及生息在这块土地上的人们的生活，在漫长的岁月中逐渐形成其独特的体系。季语是对俳句最重要的制约，同时也是俳句产生诗歌般感人魅力的切入点。它的存在才能使扎根于日本土壤的诗歌展示其固有的特色。

季语在俳谐中是文学语，这种规制对作为文学的俳谐诗性也会产生负面的影响，因为它制约对自然美的自由体验。另外，并非只要使用季语，大自然的朴素美感就会转化为艺术美。当俳谐的大众化、平民化时代到来以后，由于创作手法的雷同、季语使用的模式化、自然观与人事观的因袭性，就出现依靠季语敷衍的“季题趣味”的现象。似乎只要有一本岁时记，就可以创作俳句。原本促使俳谐文学产生的季语反而成为俳谐文学停滞不前的因素。岁时记的发达一方面为作者的创作提供了极大的方便，另一方面也成为助长“季题趣味”的工具。

正因为如此，明治时代的正冈子规所开展的俳句革新运动就是从废除“季题趣味”入手，提倡真实抒写对象的写生说。子规对季语本身予以继承，破除的是近世末期的俳谐固定不变的窠臼，主张眼观手写对象的真实。这成为后来主张无季的契机。

昭和时代（1926—1989），随着时代的衍变，对季语在俳句文学中地位的认识所引起的争议使人们的思想认识产生多元化的倾向。毕竟生活在现代社会，人们的思想理念、生活情趣与芭蕉时代有很大的不同，俳句大众化的浪潮对季语的旧思维也产生了巨大的冲击，加上受到西方文艺思潮的影响，有人主张俳句也应该与时俱进，首要的就是冲破季语的“樊笼”。新倾向运动乃至后来的无季俳句是这个论点的主张者和实践者，但必须指出，他们并非一律不创作有季句，而是主张无季俳句同样也是具有艺术性的文学俳句。他们将季语视为单纯的语言，只是表达内容的一种手段，不是俳句所表现的目的，把季语从象征性中解放出来，并伴随着扩大素材以作为美感的一种手段。

这个主张主要为年轻人所接受，生活在工业化社会的人们对风花雪月的大自然的亲近感越来越疏远，对季感的淡漠、疏离是无须怀疑的事实。如果俳句对此视而不见，依旧迷恋于一成不变的传统，只能是死抱僵化的形骸，变成无病呻吟的自恋。这就涉及对俳句本质的认识问题，没有季题的俳句是否就没有美感，是否就没有诗歌特性；季语是否就是俳句美学原则的必备标准之一。如果无季俳句也具有诗歌美学，那么对俳句的本质以及形式结构也必须进行重新认识。因为俳句的美感不仅来自大自然的风物景色，社会上许许多多没有季感的现象也会产生美感，也可以用俳句这种形式表现出来。这是对季语核心论的反叛，也可以说是思想的进步，以为季语核心论是对自由诗歌精神的扼杀。新兴俳句运动、无季俳句、连作俳句、自由律、社会性俳句、前卫俳句等许多流派和形式，向传统俳句发出挑战，形成异彩纷呈的局面。

现在日本的俳句界虽然有季语、无季语并存，但主流依然是有季语。俳句在季语与超季语的界限问题上进行的争论已经偃旗息鼓，大家和平共处，在基本平静的状态中发生悄然变化，这包括对季感、季题、季语观念的重新认识。

俳句作为世界独特的短诗形式，表现日本人民在其美丽的自然环境中生活所产生的心灵感受，已经成为日本民族文化的精华。传统俳句，始终坚持不可缺少的三大要素：十七音、切字、季语。这是俳句成立的条件，是俳句的格律。十七音是发句的固有格式；切字是为了使发句的形态完整和谐，以便和平句相区别；季语是向读者表示符合时令的问候。季语，也称季题，表现季节感的语言。传统俳句在一句中需要一个季语，以表示作品的时间、色彩、气氛等，从而起到形成整体情趣的作用，体现俳句的美学性。包括季节、天文、人事、宗教、动物、植物等内容，数量庞大，编纂有许多岁时记等季语书籍。这是欣赏传统俳句不可或缺的形式要素。

传统俳句，一般很少表现政治、社会等重大课题，大多抒发个人对自然、生活的体验感受，是一种个体情绪的表达。这样的小诗只能以短小精悍、凝练余韵为其特色。读者可以从俳句的写生、语言、象征、比喻、声调、节奏、断句、破调、定型、字余、季语、格助词、叠字、叠句、双关语、结句等创作手法中感受其中的妙趣。诗贵含蓄，诗越短越难写。佳句以富有密度的语言进行创作，具有强烈的风土性和艺术性。

对于传统俳句来说，有必要从人与自然的关系来解释季题，而写生的方法是架设通过季题表现的自然生命与作者自身生命融合的桥梁，因此写生不能破坏格律，必须产生把大自然的生命体现于季题感觉的效果。

俳句译介到中国，一般认为始于“五四”时期，现在难以查考。二十世纪的三十年代和五十年代，有人翻译过少量的俳句，但没有什么影响。

二十世纪七十年代后期，我国学者开始重视和歌、俳句的翻译，并见诸报刊。随着日本俳人与中国诗人的交流不断增加，越来越多的中国人开始了解俳句，译作不仅数量大增，而且质量提高、形式多样。

关于翻译的形式，一九七九年，我国学者曾就和歌、俳句的翻译形式问题展开过一场争鸣，其焦点主要是采取什么样的翻译形式才能比较完美地体现俳句的本质。大家各抒己见，提出种种见解，这对更准确地理解俳句、提高翻译质量无疑起到很好的推动作用。

俳句（和歌）难译，诗无定译。但经过许多译者的不断探索和实践，根据自己对原作的理解，进行各种尝试，取得不少有益的经验。归纳起来，汉译形式大致有“唐诗宋词式”、口语式、五（七）言两句式、五（七）言绝句式以及按照原诗的五七五句式等。

日语的复音语节与汉语的单音语节的差异，成为俳句汉译的一大难题，使得译文与原诗难以保持形式的一致。如增字不当势必破坏俳句含蓄蕴藉、意在言外的真味，没有留给读者品尝咀嚼的余地，把话说尽，情浅脉露，实成蛇足。二者难以得兼时，只好舍形式取意韵。就是说，俳句所追求崇尚的余韵意境比形式更为重要。

我认为，汉译俳句，一般宜用“唐诗宋词”的形式。这里说的“唐诗宋词式”只是借用，并非严格意义上的格律诗词，是指根据俳句原意选择适当的翻译形式，不拘泥于一种形式，可用两句、三句、四句，甚至一句；每句不拘字数，一般不超过七个字，但特殊情况也可突破；每句字数可一致，也可采用不一致的长短句。这种形式注重内容，比较自由，能够凝练地贴近原作的内涵，其不尽如人意处在于多是与原文不相一致的形式。

至于遣词造句、文白相兼的问题，则宜根据原诗而定，体现其格调神韵。我国的古典诗歌译成外国文字，日文借用汉字，译出来要比其他文字更接近原诗，即使如此，原诗的字数、平仄、对仗、押韵、双关语、节奏、语言音乐感等也无法体现出来。同样，作为日本民族文学形式的俳句，其语体特征产生于日本文化的土壤，具有独特的表现手法，往往在汉语里很难找到适当的对应词。

诗是语言的超常结构。诗歌，尤其古典诗歌的翻译，归根结底是两种文化的差异，要做到形式与内容的高度和谐统一是至难之事，甚至几乎不可能。文化的翻译往往必须超越体现在不同语言里的不同历史背景、自然感觉、宗教信仰、生活感受、风俗习惯等障碍，必须在语言里寻求到恰当的曲折后才能完成，是一次“再创作”的过程。诗歌作为异质文化在语言上最典型的反映，它的翻译是通过对文化的异同性进行综合的协调，克服两种语言的对峙、差异、变换、怀疑等纠葛，尽量缩短双方的距离，创造出一个具有折射性的新的感受性世界。在这儿，不得已存在的某种程度的违和感是容许的。因此，无论多么优秀的译文，自然都浸透着译者的文化心态和审美体验，都是“变形”的，不可能与原文“等价交换”，更不可能以一个民族的诗歌格律硬套另一个民族的传统诗歌，只能力求最大限度的“近似”。如果碰到无可逾越的独特的异质文化墙壁，这时的翻译是不可能的。

神似才是翻译的化境，才是翻译的最高境界。一篇译文的质量高低，不妨用这个标准去衡量。尤其诗歌的翻译，重节奏、讲含蓄、尚简洁、崇气韵，灵活性就更大一些。总之，我认为，俳句的翻译应该坚持“形式为内容服务”“再创作”“意准神似”的原则，这样才能做到形神兼备。至于形式，其实无须一统的天下，百花齐放、百家争鸣才是真正的繁荣。

本书的读者恐怕多半不懂日语，这就涉及中国人的鉴赏习惯与日本人的审美情趣的差异导致在很大程度上影响着对俳句的美感理解的问题。但俳句既然是诗歌，就具有诗歌的共性，神韵是诗歌的灵魂，外在性以及语言的雅俗、格律、节奏等都是为诗之精神服务的。把握诗歌的这个共通点，就能理解、欣赏俳句的生命内涵。

本套书题名为“风雅俳句”，乃取芭蕉对俳谐的定位。他认为俳谐是“风雅之道”，风雅是日本文学的传统理念，“道”是日本平安时代以后所有艺术的根本精神。从这个意义上说，芭蕉对俳谐的认识依然以传统的艺术理念作为基础，认为它与和歌、连歌在本质上具有相同的价值。在俳谐之道中导入风雅，“风雅”是芭蕉对俳谐的代名词，其所追求的“风雅之诚”成为俳谐文学的精髓。

俳句在其几百年的发展过程中，由于社会的衍变和外来文化的影响，其外在形式、表现内容、创作方法以及理论都发生过重大的变化。本书所收录的是近代以前的传统俳句名作，编排方式依春夏秋冬类别，不分题材，以人为序，人以年次，作者第一次出现时附以简介，我认为这样可以更原本地理解俳句的真实内在性。

本书的编写参考了大冈信《四季之歌》、尾形仂《俳句解释与鉴赏事典》、今荣藏等《芭蕉入门》、鹰羽狩行《怎样欣赏俳句》等诸多有关书籍。本书曾由其他出版社出版，此次承蒙现代出版社的朱文婷女士的诚挚相邀，予以增添修改，并配以适当图片，由该社出版，谨致以衷心的感谢。鉴于编者水平，难免舛误，敬请方家指正。

郑民钦

2019年1月改定

目录

2	安原贞室	いざのぼれ嵯峨の鮎食ひに都鳥
4	山口素堂	目には青葉山ほととぎす初鰹
6	松尾芭蕉	あらたふと青葉若葉の日の光
8	松尾芭蕉	蚤虱馬の尿する枕もと
10	松尾芭蕉	若葉して御目の雫拭はばや
12	松尾芭蕉	雲の峯幾つ崩て月の山
14	松尾芭蕉	夏草や兵どもが夢の跡
16	松尾芭蕉	やがて死ぬけしきは見えず蝉の声
20	松尾芭蕉	五月雨の降り残してや光堂
22	松尾芭蕉	象潟や雨に西施がねぶの花
24	松尾芭蕉	蛸壺やはかなき夢を夏の月
26	松尾芭蕉	芭蕉葉を柱に懸けん庵の月
28	曾良	卯の花をかざしに関の晴着かな
30	曾良	松島や鶴に身をかれほととぎす

32 向井去来 郭公なくや雲雀と十文字
34 各务支考 昼顔や夏山伏の峰伝ひ
36 椎本才麿 帆のはらをつき出して行く雲の峰
38 榎本其角 越後屋に衣さく音や更衣
40 立花北枝 さびしさや一尺消てゆくほたる
42 佐久间柳居 今植し竹に客あり夕すゝみ
44 炭太祇 橋落て人岸にあり夏の月
46 与谢芜村 牡丹散て打かさなりぬ二三片
48 与谢芜村 古井戸や蚊に飛ぶ魚の音くらし
50 与谢芜村 旅芝居穂麦もと鏡たて
52 与谢芜村 鮎くれてよらで過ぎ行く夜半の門
54 与谢芜村 愁ひつつ岡にのぼれば花いばら
56 与谢芜村 ところてん逆しまに銀河三千尺
58 与谢芜村 夕立や草葉を掴むむら雀
60 大岛蓼太 五月雨やある夜ひそかに松の月
62 大伴大江丸 白団扇となりの羲之にかかれたり
64 榎本星布 うの花や門を過行鏡とぎ
66 加舍白雄 園くらき夜を静なる牡丹かな
68 高井几董 濁り江の泡に皺よる暑かな
70 高井几董 川越えし女の脛に花藻かな
72 井上士朗 蚊帳ごしに葬見ゆる旅寝哉
74 夏目成美 撫子のふしぶしにさす夕日かな

76 夏目成美 蠅打ってつくさんとおもふこころかな

78 葛饰北斋 ひと魂でゆく気散じや夏の原

80 建部巣兆 江に添うて家々に結ふ粽かな

82 小林一茶 古郷やよるもさはるも茨の花

84 小林一茶 うつくしや障子の穴の天の川

86 小林一茶 穀値段どかどか下るあつさ哉

88 小林一茶 一尺の滝も涼しや心太

90 村上鬼城 馬に乗って河童遊ぶや夏の川

92 村上鬼城 露涼し形あるもの皆生ける

94 正冈子规 糸瓜咲て痰のつまりし仏かな

96 夏目漱石 叩かれて昼の蚊を吐く木魚哉

98 尾崎红叶 炎天や誰が子はだしの放し飼

100 松濑青青 甘酒屋打出の浜におろしけり

102 松濑青青 日盛りに蝶のふれ合ふ音すなり

104 河东碧梧桐 五月雨や鴉草ふむ水の中

106 河东碧梧桐 汐のよい船脚を瀬戸の鷗は鷗づれ

108 河东碧梧桐 空をはさむ蟹死にをるや雲の峰

110 高滨虚子 磐石の微動してゐる清水かな

112 高滨虚子 蜘蛛に生まれ網をかけねばならぬかな

114 臼田亚浪 郭公や何処まで行かば人に逢はむ

116 种田山头火 分け入つても分け入つても青い山

118 种田山头火 蜘蛛は網張る私は私を肯定する

120	渡边水巴	産衣着てはやも家族や蝉涼し
122	渡边水巴	水無月の木陰によれば落葉かな
124	尾崎放哉	仏にひまをもらって洗濯してゐる
126	尾崎放哉	入れものが無い両手で受ける
128	尾崎放哉	咳をしても一人
130	饭田蛇笏	死火山の膚つめたくて草いちご
132	饭田蛇笏	夏真昼死は半眼に人を見る
134	原石鼎	月さすや谷をさまよふ蛍どち
136	原石鼎	寂しさにまた銅鑼打つや鹿火屋守
138	原石鼎	初夏の瞳海を飛ぶ蝶一つ
140	中塚一碧楼	明易き腕ふと潮匂ひある
142	室生犀星	山やけて天つ日くらしきりぎりす
144	杉田久女	日覆かげまぶしき潮の流れおり
146	芥川龙之介	松風をうつつに聞くよ夏帽子
148	芥川龙之介	水洟や鼻の先だけ暮れ残る
150	栗林一石路	シャツ雑草にぶっかけておく
152	栗林一石路	メーデーの腕くめば雨にあたたかし
154	川端茅舎	朴散華即ちしれぬ行方かな
156	桥本多佳子	いなびかり北よりすれば北を見る
158	桥本多佳子	蛍籠昏ければ揺り炎えたたす
160	桥本多佳子	罌粟ひらく髪の先まで寂しき
162	日野草城	見えぬ眼の方の眼鏡の玉も拭く

164 富泽赤黄男 草二本だけ生えてゐる時間
166 富泽赤黄男 軍艦が沈んだ海の老いたる鷗
168 石田波乡 蚊を搏って頬やわらかく癒えしかな
170 石田波乡 プラタナス夜もみどりなる夏は来ぬ
172 松本孝 芥子咲けばまぬがれがたく病みにけり

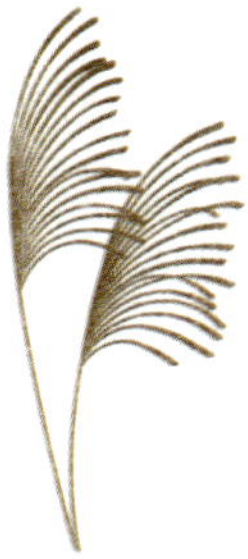

安原贞室

いざのぼれ嵯峨の鮎食ひに都鳥

此番进京去，
嵯峨香鱼请君尝。
蛎鹬何时来？

安原贞室（1610—1673）

江户时代前期俳谐师。师事松永贞德，后自称贞德二世。其编撰的《玉海集》为贞门的代表性句集之一。

*季语　香鱼

*赏析

安原贞室是“贞门七俳仙”之一。十五岁入贞德私塾，虽才气出众，然傲慢自大，常贬责他人作品，发生纠纷，尤与重赖不和。其编撰的《玉海集》为贞门的代表性句集之一。贞室的句风简洁轻灵，比较平易。此句选自《一根草》。序云：“京都挚友，后移居武藏故里，近忽来彩笺，邀我游隅田川，因离京都。”作者把友人喻为古诗里的蛎鹬鸟。这次我去江户，下次该轮到你来京都，我请你品尝嵯峨的香鱼呀。这种反客为主的手法包含着对故乡的热爱和自豪。

山口素堂

目には青葉山ほととぎす初鰹

（目[め]には青葉[あおば]山[やま]ほととぎす初鰹[はつがつお]）

青山绿叶杜鹃啼，
更有鲣鱼初上市。

山口素堂（1642—1716）

先是谈林派俳人，后倾向虚栗调。他与芭蕉深交，受到芭蕉的敬重，成为葛饰蕉门的始祖，贞享末年（1687）后对俳谐采取不即不离的态度。俳谐崇尚隐逸悠闲之境，作品少而精，其脱俗高蹈之句风为芭蕉所吸收。他还精通汉学、儒学、和歌、书法、茶道、能乐诸艺。

* **季语**　杜鹃、鲣鱼

* **赏析**

此句题为《在镰仓》。目接翠绿，耳听杜鹃，赏心悦目，再加上刚刚上市的具有镰仓独特风味的鲣鱼，镰仓初夏佳景真是妙不可言。

松尾芭蕉

あらたふと青葉（あおば）若葉（わかば）の日（ひ）の光（ひかり）

初夏谒日光，
绿叶嫩叶沐艳阳，
日光真辉煌！

松尾芭蕉（1644—1694）

以毕生精力将追求诙谐、大众化的贞门、谈林初期俳谐提高到真正的纯文学高度，孜孜不倦地追求俳谐在更高更深层次上的艺术性，引领俳谐进入文学艺术的殿堂，形成以《芭蕉七部集》为代表的蕉门风格，并创立俳论，开创了俳句的黄金时代，成为近世诗的代表。他的作品所提供的典范作用至今还没有被人逾越，被日本人民尊为“俳圣”。还著有纪行文集《奥州小道》等。

*季语　初夏

*赏析

据《奥州小道》记载，芭蕉于元禄二年（1689）阴历四月初一拜谒日光山。

多么庄严辉煌啊！在青翠欲滴的树木环绕下的日光东照宫沐浴着初夏灿烂的阳光。

日光东照宫位于枥木县，建于元和三年（1617），属于德川家灵庙之一，主要祭祀江户幕府初代将军德川家康的神明“东照大权现”。

此句充满激扬崇敬的心情，面对大自然的光辉，体验到生命的力量。原文的“若绿”指树木的新叶、嫩叶。老叶的翠绿与新叶的嫩绿形成浓淡交错的美丽色彩，显示自然界生机勃发的景象，也烘托出东照宫庄严神圣的气氛。

原文的“日の光”是双关语，既是日光这个地名，同时也以“太阳的光芒”比喻德川家康。芭蕉歌颂东照宫“辉光普天同照，恩泽披于八荒，四民安居乐业”（《奥州小道》），因此多有后人批判这是对德川政权的吹捧。

松尾芭蕉

蚤虱(のみしらみ)馬(うま)の尿(ばり)する枕(まくら)もと

跳蚤虱子叮未眠，
更有马儿尿枕边。

* **季语**　跳蚤

* **赏析**

芭蕉在奥州小道旅行时“鸣子温泉过尿前关，欲往出羽国”，“日已暮。见封人家，求宿。然三日风雨剧烈，无奈滞留山中”。(《奥州小道》) 出羽国是现在的山形县。封人，是国境守卫者，指与仙台藩接壤的新庄藩的庄屋（村长）家。据考证，芭蕉借宿不是三天，而是两天。

借宿在这偏僻山村人家，整个晚上备受跳蚤、虱子之苦，瘙痒难耐，无法入睡，又听见马儿在枕边撒尿的声音。

其实芭蕉的寝室离马圈有十米，“尿枕边”是一种夸张的手法，意指声响如在枕边，令人吃惊。此句十分形象地勾勒出农家的夜间状况，可以想象人与动物同居的偏远山村的实际生活。马尿与此地“尿前关”的地名相对应，产生一种诙谐的感觉。尿前关在宫城县，以温泉著称。传说平安时代末期的名将源义经从京都流落平泉途中，经过此地时，恰逢夫人分娩，于是他将其子第一次小便的地方命名为尿前关。

松尾芭蕉

若葉(わかば)して御目(おんめ)の雫(しずく)拭(ぬぐ)はばや

我向尊师拜，
采撷一片嫩叶来，
轻将泪花揩。

*季语　若叶

*赏析

贞享五年（1688）四月，芭蕉旅行到奈良，在唐招提寺拜谒该寺开山鉴真和尚坐像。唐代高僧鉴真和尚为弘扬佛法，五次东渡日本，未果，历尽艰辛，双目失明，仍矢志不渝，终于唐天宝十二年、日本天平胜宝五年（753）第六次东渡成功。天平宝字三年（759）在奈良修建唐招提寺，开创日本律宗，并设坛授戒，还将中国的建筑、雕塑、医学等诸多知识传授给日本，被日本人称为“盲圣”。

芭蕉在《笈之小文》中写道:“招提寺鉴真和尚来日时，于船上经受七十余难，海风吹蚀，终至盲目。于此拜谒尊像。”鉴真和尚塑像供奉在唐招提寺开山堂，为日本国宝。坐像为夹纻干漆法塑造，乃圆寂前结跏趺坐之状，端庄安详，深沉高尚，与芭蕉相距约一千年。

芭蕉在开山堂瞻仰盲目的大师塑像，幽暗中仿佛觉得大师的眼睛噙着泪花。门外嫩叶翠绿，在初夏的阳光里闪闪发亮，他真想摘取一片轻柔地给大师揩擦。“泪花”是这首俳谐的“诗眼”，作者以敏锐的感觉从初夏阳光辉映下塑像面部产生的微妙荫翳中仿佛看到被海风吹盲的眼睛流出的泪花。这自然是作者的主观想象，可以说是芭蕉面对高僧恸哭的自我幻影。

松尾芭蕉

雲（くも）の峯（みね）幾（いく）つ崩（くずれ）て月（つき）の山（やま）

云峰几度散，

明月照月山。

⭑**季语**　云峰

⭑**赏析**

《奥州小道·出羽三山》这样记述："六月八日，登月山。身披修行袈裟，头缠白布角巾，脚夫引路，于云雾烟岚山中，踏冰雪，登八里，疑入日月运行之云关。气促体冻，攀至山巅，日没月明。乃铺细竹，枕修篁，卧以待旦。俟日出云消，遂下汤殿。"根据这段记述，芭蕉等大约午后登上月山山顶，山头云雾缭绕，冰雪寒冷，在汤殿一宿，翌日日出后下山。

云峰一般是指夏天由于强烈的上升气流形成翻滚涌动的积雨云，忽聚忽散，变化不定。此句说芭蕉在登山途中所见的云峰，几度聚合，几度散开，接近傍晚时分，月亮逐渐升起，照耀山间，一片辉煌。芭蕉在山顶上仰望明月，此时的月山变成名副其实的"月山"（月光照耀之山），显得巍峨神圣。白天云峰的汹涌翻腾与夜间明月的温柔清亮形成"刚"与"柔"的强烈对比，仿佛是月光拨开云峰，朗照乾坤的感觉。

松尾芭蕉

夏草(なつくさ)や兵(つわもの)どもが夢(ゆめ)の跡(あと)

夏天草凄凉，
功名昨日古战场，
一枕梦黄粱。

* 季语　夏草

* 赏析

此句是在奥州高馆古战场的感怀。描述的是源义经被藤原泰衡包围，弁庆、兼房等忠臣守城浴血奋战，义经壮烈牺牲的历史，功名显赫，化为一场梦痕，如今灰飞烟灭，只剩下遍地野草荒蒿。《奥州小道》写道："忠臣义士，据守此城，思功名显赫，过眼烟云。国破山河在，城春草木深。不禁铺笠而坐，怀古落泪，不知时光流逝。"芭蕉在此怀古，引用杜甫的诗句，表明他的这首俳句与杜甫的忧时伤世之作《春望》同样是触景生情，对战争所造成的山河破碎、沙场尸横、民不聊生的悲哀以及对盛衰枯荣、功名尘土的感叹，体现对人生短促的感慨。

芭蕉的俳谐不仅富有独创性，更重要的是具有普遍性。普遍性包含着独创性，这是今天我们从他的作品中依然感受到强烈刺激的主要原因。这首俳谐的独创性在于"夏天草凄凉"与"一枕梦黄粱"之间存在着高密度的时空，一岁一枯荣的夏草象征着自然轮回的永恒性，夏草的具象与历史世界形象的重叠唤回岁月久远的永劫之梦，轮回的永恒正是芭蕉"不易流行"思想的体现。

松尾芭蕉

やがて死ぬけしきは見えず蝉の声

油蝉拼命鸣叫，
不见临死情景。

*季语　蝉

*赏析

芭蕉完成“奥州小道”之旅回到江户，居住在幻住庵。翌年（1690）夏天，秋之坊前来拜访，芭蕉说“送无常迅速之一句”，便吟咏此句。据说蝉的寿命很短，只有十天左右。盛夏时节，从早到晚蝉鸣不停，听着它们充满力量的叫声，根本看不出即将死去的样子。

在这里，“即将死去”所指的不仅是蝉，也是作者本人。人与蝉一样，都无法逃脱死亡的命运。然而，蝉对悄然袭来的死亡“未来”无所畏惧，依然努力专注于生存的“现在”，芭蕉对蝉的这种高洁的精神发出由衷的赞叹，同时显示出自己“不畏死、珍惜生”的人生态度。

作者从蝉的高亢叫声里丝毫没有感觉到死亡的阴影，蝉拼将全身的力量显示生命的精彩，这种活力四射的生的状态与即将消失的生命形成强烈的反差。生命之火即将熄灭，蝉声格外刺激心头。

芭蕉对此句的点题是“无常迅速”，这无疑是他无常观的体现。佛教传入日本，无常观为日本的僧人与俗人普遍接受。把人生视为“过客”即是一种表现。松尾芭蕉说“日月乃百代之过客，周而复始之岁月亦为旅人也”，（《奥州小道》）虽然是借用李白的“夫天地者万物之逆旅，光阴者百代之过客，而浮生若梦”（《春夜宴桃李园序》）的说法，但体现出他的人生观。

人生就是旅行，在旅途中经常与死为伴，而旅途的终极其实就是死。于是感觉到世间的轮回无常。“无常”是一种对时间的认识，时间是无法捕捉的东西，人们只能以参照物或者某种人为的物理的东西进行了解和把握。一切生命终归消灭，所以生命的过程应该充满美丽。如果蝉不会死去，对它的鸣叫就不会产生美好的感觉，而只是令人烦躁的喧嚣。因为花会凋谢，才更觉得盛开之绚丽。尽管人生无常，但要以明朗淡定的心态去对待。

不同读者对此句的理解也不尽相同，有人以为“蝉不知自己死期将至，还在拼命鸣叫”，这就令人感觉蝉的悲哀可怜，作品的色调变得黯淡。

同样写死期将临的动物，榎本星布有“可怜蝶已老，灵魂戏菊花”句，晚秋的蝴蝶有气无力地在菊花上飞舞游戏。在作者眼里，仿佛是蝴蝶的灵魂梦幻般游荡在菊花上。作者敏锐地感觉到自己老之将至的心态，以秋蝶自喻，深含悲哀。

《二重桥的清晨》川濑巴水

松尾芭蕉

五月雨の降り残してや光堂

梅雨不曾洒光堂，
今日犹辉煌。

* 季语　梅雨

* 赏析

芭蕉在奥州小道旅行时来到岩手县的平泉中尊寺，他这样记述："久闻二堂揭帐拜佛之盛事。经堂供有三将之像。光堂放有三代之棺，摆置三尊佛像。七宝散失，珠门因风雨而损坏，金柱因霜雪而腐朽，虽已支离破碎，野草荒芜，却仍四面围垣，覆盖屋顶，以御风雨，且作千年之纪念也。"二堂，即中尊寺的经堂和光堂。光堂，即金色堂。藤原清衡建造，费时十五年，天治元年（1124）完成。金色堂名副其实地全部贴金，里面安置清衡、基衡、秀衡的棺木，摆放弥陀如来、观音菩萨、势至菩萨佛像。年久失修，破损毁坏，正应元年（1288），镰仓第七代将军惟康亲王奉执权北条贞时之命，建造覆盖光堂的套堂（俗称鞘堂）。江户时期金色堂改称为光堂。

芭蕉在梅雨季节来到这里，只见光堂在雨中金碧辉煌，庄严矗立。"梅雨不曾洒光堂"，现实中雨水不可能不会降落在光堂上，这是芭蕉的想象和感觉。梅雨季节，最容易腐蚀损坏东西，但光堂历经五百年，依然如此完美灿然，仿佛没有经受雨水的侵蚀。所以此句的初稿是"梅雨年年有，历经五百次"。在这里，眼前的实景与悠久的时间叠合在一起，梅雨天空的黯淡与光堂的明丽形成鲜明的对照，包含着芭蕉对历史变迁的感慨。

松尾芭蕉

象潟(きさがた)や雨(あめ)に西施(せいし)がねぶの花(はな)

象潟绰约姿，
雨里合欢花带愁，
婀娜似西施。

***季语**　合欢花

***赏析**

象潟在今秋田县，通往日本海的潟湖，南北相距四公里，东西相距两公里，中有九十九个小岛，与松岛齐名。但由于文化元年（1804）的地震，地壳隆起，景观消失。芭蕉来此地，闻象潟景色宜人，《奥州小道》如此描写："日渐倾斜，海风扬沙，细雨朦胧，鸟海潜形。暗中摸索，若雨景亦奇妙，雨后晴光则潋滟绮丽。"泛舟象潟，"湾面宽约一里，貌似松岛，却独有异趣。松岛含笑，象潟忧怨，岑寂悲凄，其地貌令人荡气断魂"。芭蕉将被黄昏细雨濡湿的合欢花喻为西施，这个比喻自然典自苏轼的《西湖》"水光潋滟晴方好，山色空蒙雨亦奇。若把西湖比西子，浓妆淡抹两相宜"，模仿其手法，以人喻景，雨中合欢，犹如垂泪西子，不胜娇怜，从而间接表现象潟景色的风姿神韵，而且直接以"西施"入句，营造文学美的形象世界。通过细雨、合欢花、西施三者形象的重叠，象征象潟景色含带忧愁阴郁的女性性格，前二者为实，后者为虚，作者的视觉生发出历史意识的想象，创作出如此幽玄艳丽的作品。

松尾芭蕉

蛸壺（たこつぼ）やはかなき夢（ゆめ）を夏（なつ）の月（つき）

陶罐捕章鱼，
倏忽人生晓梦残。
夏夜月如玉。

*季语　夏夜

*赏析

此句题为《明石夜泊》。章鱼喜藏洞穴，渔民多用陶罐捕捉，白天把陶罐沉入海底，章鱼误以为是岩洞而钻入，翌日清晨提上来。夏季夜短，月光映照海面，在海底的陶罐里，潜伏着与短暂的人生梦幻联结在一起的一个动物。乍读令人哀愁，为还在做着美好幻梦的章鱼而哀怜，其实作者也在感叹羁旅的孤寞惆怅，但心灵深处蕴含着俳谐情趣的达观。

《初夏的保津川》三木翠山

松尾芭蕉

芭蕉葉を柱に懸けん庵の月

摘取芭蕉叶，
一片悬挂新柱上，
草庵赏明月。

*季语　芭蕉

*赏析

延宝八年（1680），芭蕉的弟子杉山杉风把自己看守养鱼池的窝棚改建成草庵，供他居住。因芭蕉仰慕杜甫“窗含西岭千秋雪，门泊东吴万里船”的诗句，便把草庵命名为“泊船堂”。翌年春天，他在门口栽种弟子李下所赠的一棵芭蕉，遂改称“芭蕉庵”。其俳号亦为“芭蕉”。后芭蕉庵毁于火。元禄五年（1692），第三次重建芭蕉庵。

《移芭蕉辞》云：“当年移居此地之时，植芭蕉一株。或许水土适应，分长数茎，硕叶茂盛叠重，占据庭院，遮蔽茅草屋檐。是以人呼此草庵为芭蕉庵。旧友、门人皆爱之，刨芽分根，四处相送，年年如此。”“犹欲为明月添景，植芭蕉五株。其叶七尺余，几可裹琴，亦能缝制成琵琶袋囊。风吹叶摆，如凤凰摇尾，雨穿叶破，似青龙之耳。新叶日展，启横渠先生之新智，待少年上人之开笔。”横渠先生，即张载，宋人。《张子全书》载：“芭蕉心尽展新枝，新卷新心暗已随，愿学新心养新德，旋随新叶起新知。”少年上人，即怀素。李白《草书歌行》道：“少年上人号怀素，草书天下称独步。”

曾良

卯の花をかざしに関の晴着かな

且插溲疏作饰花，
权当盛装过关隘。

曾良（1649—1710？）

河合曾良，本名岩波庄右卫门正字，信浓人。江户时代的俳人。二十岁左右寄居于伊势长岛大智院，仕于长岛藩。致仕后到江户入芭蕉门下，芭蕉“奥州小道”旅行时随行奥州、北陆地区。向吉川惟足学神道。宝永六年（1709）任幕府的巡见使随员，巡视九州。芭门十哲之一。著有《曾良旅日记》。

*季语　溲疏

*赏析

曾良随芭蕉旅行，过奥州三关的第一关白河关。平安时代末期的和歌学者藤原清辅在《袋草纸》中说："竹田大夫国行云者，下陆奥之时，过白川关日，特装束整饬而往。人问其故，答曰此乃古曾部入道（能因）吟咏'秋风吹拂白河关'之处，焉能便装而过。"

古人通过此关，都必须正冠盛装。我没有这样的服饰，权且用溲疏插在头上作装饰。

经过几天的旅行，心绪不宁，来到白河关，看见遍地开着白花的溲疏，绿树苍翠，想到古代文人雅士来到此地的情趣，心情才终于稳定踏实下来。溲疏花洁白，比喻自己高洁的心情，仿佛踏雪通过此关。

曾良

松島(まつしま)や鶴(つる)に身(み)をかれほととぎす

杜鹃婉转鸣松岛，
应向白鹤借羽毛。

*季语　杜鹃

*赏析

1689 年初夏，芭蕉、曾良等来到日本三大胜景之一的松岛，为美景所倾倒，具体描写松岛的美妙，盛赞“佳景甲扶桑，不逊于洞庭、西湖”，“天工造化，谁者能形诸笔墨以尽其妙”。(《奥州小道》)

对此句的含意也有不同的理解，有人认为是：这优美的松岛啊，可以比喻为婉转鸣啼的杜鹃，但这还不够，要是杜鹃穿上白鹤的外衣，那就更加优雅。

也有人理解为：如此美妙的松岛，白鹤与之最为般配。鸣叫的杜鹃啊，你也化为白鹤的形态飞翔吧。

还有人理解为：多么美丽的松岛，鸣叫飞越的杜鹃与这美景不相般配，声音可以保留，但外形还是借来白鹤的羽毛吧。

面对美不胜收的松岛，芭蕉竟“难以成吟，欲眠却无法入睡”。(《奥州小道》)

向井去来

郭公（ほととぎす）なくや雲雀（ひばり）と十文字（じゅうもんじ）

横掠鸣杜鹃，
云雀垂直上云天，
交叉呈十字。

向井去来（1651—1704）

江户时代前期的俳人，蕉门十哲之一。与凡兆共同编纂《猿蓑》，被誉为“俳谐的古今集”。所著《去来抄》乃蕉风俳论之白眉。在嵯峨建落柿舍，芭蕉的《嵯峨日记》即创作于此庵。句如其人，温和稳重、质朴素雅，善于从正面捕捉对象，直截了当地抓住事物的本质。晚年对俳坛新潮流持消极态度，坚持信奉《猿蓑》风格，显示其保守的一面，但同时认为俳坛缺少芭蕉这样的革新人物。

* **季语**　杜鹃

* **赏析**

杜鹃鸣叫着从高空横飞过去，云雀从低处垂直地冲上天空，它们的轨迹呈现十字形。作者在《去来文》中说："忆起定家卿之烟十字。"藤原定家有一首和歌道："眺望大原上，连绵横卧小盐山，烧炭起直烟。"横卧的山与烧炭的直烟交叉成十字形。作者借鉴古代和歌，以观念性的感觉把握两只飞鸟的动态，暗示季节的交替。想象力是此句的生命力，给读者留下强烈的具象性印象。

各务支考

昼顔や夏山伏の峰伝ひ

（ひるがお　なつやまぶし　みねづた）

盛夏满山旋花开，
援峰攀行修行僧。

各务支考（1665—1731）

蕉门俳人。美浓国人。幼时丧父，因母再嫁入寺院为僧，十九岁下山。芭蕉殁后，建立美浓派，在全国普及蕉风，但句风堕于低俗，后与麦林一起被贬为“支麦之徒”。不过，作为蕉门的论者，建树不少功劳。

* 季语　夏

* 赏析

选自《莲二吟集》。支考是蕉门出类拔萃的名人，与森川许六同为论道高手。因为过分热衷于自我表现，也被蕉门视为头号“讨厌”的人。但是他的俳句追求平淡通俗，开创的平易俳句流派一直延续到现代。从俳谐的普及这一点来看，支考的功劳也许首屈一指。这首俳句吟咏身穿白色僧衣的山间修行僧在夏天的山峰上行走攀爬进行修炼的一景，读来感觉清爽。

椎本才麿

帆(ほ)のはらをつき出(だ)して行(ゆ)く雲(くも)の峰(みね)

风帆挺肚行，
云峰浮头顶。

椎本才麿（1656—1738）

年轻时曾当过僧侣，后倾心儒学，还俗。俳谐活跃于大阪俳坛，也几次去江户，结识芭蕉等人，自成一派，以点评为业。晚年成为大阪俳坛权威，模仿和歌的“秘传传授”，作“秘传书”分发给门人。他擅长以汉诗文入句，富有汉诗情调，并借用和歌的表现手法。晚年句风尤好古典情韵，甚至含带玄学气味。

* **季语**　帆船

* **赏析**

盛夏的大海，帆船乘风破浪飞速前进，头顶上浮动着洁白的云峰。气势爽快的俳句如同一幅线条有力的一气呵成的画面。其句风语言流畅，感觉纤细，如“折叠竹叶铺鱼篓，银鱼跳跃泛青亮”，银鱼几近透明的银色与竹叶的清亮翠绿相映成趣，在碧绿的竹叶映照下，跳跃的银鱼也泛着淡绿，微妙细腻的把握表现出新鲜的感受性。另外如“细雨美飞燕，垂柳舞清风”“燕携流水去”“梅雨桃叶寒风色”等都带着汉诗的闲适意境。

榎本其角

越後屋に衣さく音や更衣

又到换季时，
越后屋里听裂帛。

榎本其角（1661—1707）

江户时代前期的俳谐师，蕉门十哲第一人。曾编撰标志着芭蕉从谈林派向蕉风转变的著作《虚栗》，同时也确立了自己在俳坛的地位。在追悼芭蕉句集《枯尾花》中以门人代表撰写《芭蕉翁终焉记》，名噪一时。后逐渐摆脱蕉风，形成具有自己独特的风格、以新兴都市江户的文化为背景的新的俳论，并进行创作实践。其作品具有都市人的审美意识，尤其表现江户人的机巧风流，善于华美的比喻、精巧的构思，所作人事题材的俳谐，多有深奥费解之句。

* **季语**　换季（更衣）

* **赏析**

“越后屋”是位于日本桥骏河町的三井吴服店(绸缎庄)、现在的三越百货店的前身。“更衣”在世间习俗指的是阴历四月初一和十月的换季，但在俳谐只指前者，将冬装的棉袄换成夹衣。作者从越后屋门前经过，正是换季时节，只见吴服店顾客盈门，不断传出扯布的声音。

此句充满江户初夏的都会热闹富丽情趣。其角擅长以华丽奔放的风格表现元禄时代江户人的生活景象和气质，与芭蕉追求幽雅的境界截然不同。

立花北枝

さびしさや一尺消（いちしゃくきえ）てゆくほたる

流萤断续光，
一明一灭一尺间，
寂寞何以堪。

立花北枝（？—1718）

江户时代的俳人。元禄二年（1689）在芭蕉到金泽旅行时入其门下，并陪同他旅行到越前松冈。芭蕉曾在《奥州小道》中这样记述：“金泽之北枝言仅送余一段，终至此地。所到之处，所见之景，北枝皆苦心孤诣于俳谐，时有妙思佳构。今将临别，赠其一句：题辞裂扇两分留，此情难舍仍依依。”北枝著有记录芭蕉在山中温泉言论的《山中问答》。

*季语　萤

*赏析

萤火虫一闪一灭地飞过，亮光与亮光的距离约有一尺，在黑暗中形成一条亮光的断续线，令人感觉萤火虫的寂寞。萤火虫闪光的时候，比它消失在黑暗中时给予作者的寥寂感更强烈。

佐久间柳居

今植(いましょく)し竹(たけ)に客(かく)あり夕すゝみ

甫植绿竹旁，
与客乘晚凉。

佐久间柳居（1686—1748）

江户中期的俳人。曾为幕府直参旗本武士。俳谐入中川乙由门下，致力于复兴蕉风。编著有《五色墨》《同光忌》。

*季语　绿竹

*赏析

据说梅雨季节的阴历五月十三日种竹肯定成活，于是他手植数株。恰有好友来访，便与客人一起在竹影摇曳里享受晚凉，十分惬意。句意平淡，表现出神清气爽的心情。柳居在芭蕉殁后约三十年，编纂《芭蕉七部集》，是普及蕉门俳谐的第一人。在俳谐方面，不满当时流行的猜谜般的江户座俳风，标榜平淡俗语的风格，致力于复兴蕉风。

炭太祇

橋落て人岸にあり夏の月

桥坍塌，
岸边人聚观，
夏月明。

炭太祇（1709—1771）

江户人。在与谢芜村成为夜半亭的核心以后，参加三果社的句会，开始致力于京都俳坛的新风俳谐。他的句风强调写实性，稳静内敛，擅长通过作品审视心灵波动，使纯朴的句境具有广度和深度。着眼于客体进行创作，以敏锐的感觉捕捉日常性的喜怒哀乐，在对生活的热爱中也透出细微的荫翳，表现“俗情”的市井趣味。尤其吟咏“人事句”，运用敏锐的感觉，别开生面，行走坐卧皆可成句，多姿多彩，成为中兴俳谐的代表性俳人。

* 季语　夏月

* 赏析

桥被大雨冲垮，人们聚集在岸边，这时天空放晴，夏天的皓洁明月浮在天上，清光似水，泻在大地上。作品只是这样清淡的写实，读者可以从中体会许多言外之意，也许围观的人群惊魂未定，呆然凝视着拍打两岸的浊浪滚滚流去，庆幸自己能够死里逃生，表现出人们面对大自然的肆虐无能为力的茫然情绪。

与谢芜村

牡丹散て打かさなりぬ二三片

牡丹花凋谢，
重叠两三瓣。

与谢芜村（1716—1783）

江户时代中期俳人、画家。其画与池大雅比肩。对汉诗文有很高造诣。他是天明时代俳谐中兴的代表，印象鲜妍的唯美浪漫句风与芭蕉的“优雅闲寂”形成鲜明的对照，具有近世诗歌新风，开拓了与芭蕉迥异的艺术世界，在俳谐史上的地位可以与芭蕉媲美。著有俳谐句文集《新花摘》、长诗《春风马堤曲》等。

* 季语　牡丹

* 赏析

此为芜村名句。娇艳盛开的牡丹逐渐凋谢，花瓣落地，有两三瓣重叠在一起。这是客观写生。作者眼中的这个景象是一种完成体，花瓣在空中轻飘摇落所描画的色彩还残存在脑海里，捕捉的只是花瓣重叠在地面上的瞬间感觉，令读者产生一种华丽的造型美幻想，进入超越时空的非现实世界。这里的“两三瓣”是不定量词，在幽暗之中甚至未必能看清花瓣的轮廓，产生一种幽玄之美。其他如“辉煌灿烂金屏风，牡丹添光彩”“银猫金蝶戏牡丹”等吟咏牡丹的俳句从各种视角追求牡丹优雅端庄美，热烈奔放的感性和丰饶抒情的诗意具有外向的官能性冲击力。

与谢芜村

古井戸（ふるいど）や蚊（か）に飛（と）ぶ魚（うお）の音（ね）くらし

蚊子飞进古井里，
鱼儿跃起声阴沉。

*季语　蚊子

*赏析

住宅的角落里静静躺着一口被人遗忘的古井。长久没有使用的古井里，大概是什么人放进去的，有鱼儿生活在里面，恐怕是小河鱼。鱼儿有时跃出水面吞食蚊子。又恰好是傍晚时分，小小的水声在深深的古井里回响，传到耳朵里时却变得沉闷。这声音显得阴沉，因为它包含着声音周围的空气。

《云海 凤凰山》吉田博

与谢芜村

旅芝居(たびしばい)穂麦(ほむぎ)もと鏡(かがみ)たて

戏剧巡回演出队，
麦子根部摆镜台。

*季语　麦子

*赏析

麦子抽穗的田地边上，巡回演出队搭起简陋的戏棚子。此句写麦子根部摆着化妆用的镜台，却没有出现演员的形象，如同一个剪接下来的印象鲜明的小品场景。歌舞伎演员中村吉右卫门一世是高滨虚子的著名门人，他创作这样巡回演出时的俳句：“天边看晚霞，后台前面水车转。”描写一台水车在后台的窗户外面缓缓转动。

《富岳三十六景之山下白雨》葛饰北斋

与谢芜村

鮎くれてよらで過ぎ行く夜半の門

夜半送我香鱼来，
放下离去不进门。

*季语　香鱼

*赏析

深更半夜，听见有人敲门，主人起床，开门一看，只见一位朋友站在门外，手里提着香鱼，说：“今天鱼打得多，送你一些。”连门也没有进，把鱼交给主人后就离去。主人手里提着鱼，看着消失在黑夜里的朋友的背影，一股暖流涌上心头。通过一件小事表现出友情，话语不多，动作简单，时间短暂，朴素的情谊跃然纸上。

《集加贺八田》川濑巴水

与谢芜村

愁ひつつ岡にのぼれば花いばら

满怀愁绪登山岗。
满眼花开野蔷薇。

*季语　野蔷薇

*赏析

野蔷薇，高约两米，细枝有刺，初夏开小白花，有香气。作者心怀愁绪，登上山岗，只见野蔷薇开得正盛，空气里飘逸着馥郁的芳香，不由得勾起浓浓的乡愁。类似的俳句如“花开野蔷薇，恰似故乡路”，作者在山间小路上行走着，看着野蔷薇的白花，闻着花香，觉得脚下的这条山路与自己小时候玩耍的故乡小路很是相似。

《芝弁天池》川濑巴水

与谢芜村

ところてん逆(さか)しまに銀河三千尺(ぎんがさんぜんじゃく)

仰头吸凉粉，
银河倒挂三千尺。

*季语　凉粉

*赏析

选自《芜村俳句集》。“凉粉”是夏天的季语。俳谐文学的特点是积极汲取汉文学、汉诗的要素，使之与和歌大不相同。和歌在近代以前没有摆脱大和语言的框架，所以使用汉语可以说是不可思议。从这一点来说，芭蕉，尤其芜村是最早的革新家。作者把仰头吸食凉粉的感觉夸张为犹如倒吸三千尺的银河，是借用了李白《望庐山瀑布》中形容瀑布“三千尺”的典故。

与谢芜村

夕立(ゆうだち)や草葉(くさば)を掴(つか)むむら雀(すずめ)

骤雨忽降临，

群雀抓草叶。

* 季语　骤雨

* 赏析

句意明了，不难理解。骤雨，一般指夏天傍晚的大雨，有时还伴有雷电。在突如其来的急促的雨水中，逃避不及的麻雀飞下来慌张地紧紧抓住草叶，叶子和麻雀在急雨中摇晃。不稳定性凸显骤雨的强劲，表现出写生句的明快朴素。但是，这一句是夜半亭句会的题咏句，不是真实的写生，所以只是作者主观性的想象“写生”，把握瞬间的静态。这恐怕就是俳画家芜村的眼光吧。

大岛蓼太

五月雨（さみだれ）やある夜（よ）ひそかに松（まつ）の月（つき）

不意梅雨时节里，
松间悄然露霁月。

大岛蓼太（1718—1787）

江户时代中期俳人。宽保二年（1741），从江户沿芭蕉“奥州小道”的路线旅行，收集芭蕉遗作。延享四年（1747）任雪中庵三世，提倡回归芭蕉，为普及俳谐和弘扬芭蕉业绩做了大量工作。蓼太著作颇丰，编撰书籍二百余种，门人号称两千。其作品平易明快。

*季语　梅雨

*赏析

梅雨连绵，令人心烦，一天夜晚，忽然从松林背面悄悄露出晴朗的月亮。蓼太对此句甚为满意，以为使用拟人手法的“悄然”二字为该句的“诗眼”。当时在日本长崎的中国诗人程剑南读到此诗后，作五言绝句和之：“长夏草堂寂，连霄听雨眠。何时悬月色，松影落庭前。”并作序云：“蓼太先生者，隐君子也，都人士以为金马侍从之流亚矣。乙未春，于崎阳客馆得俳谐歌一章，言是先生所著。仆不能读其国字，故就译士某得解。解者兴在景中，意在言外，大非俗品可知，盖仆亦有所感也。因赋一绝，写其意，效颦之诮所不辞也。乾隆四十年孟夏月望后三日云间程剑南。”（引自彭恩华《日本俳句史》）蓼太收到这首绝句后，大喜过望，以此作为其师吏登追悼集《莲华会集》的卷首诗。

大伴大江丸

白団扇となりの羲之にかかれたり

新夏团扇白，
邻家羲之兴致浓，
信手走龙蛇。

大伴大江丸（1722—1805）

经营转运邮送业，足迹遍及全国各地。七十岁时隐居，致力俳谐，师从大岛蓼太。注重口语，幽雅滑稽、轻妙自在的句风对小林一茶产生影响。善俳画，精书法。作品颇丰，编著有《俳谐袋》《俳忏悔》等。

* **季语**　团扇

* **赏析**

夏天，刚买了一把白扇子，那位自以为书法高明的邻居“王羲之”书兴大发，大笔一挥，龙飞凤舞地在扇子上乱涂一通，弄得主人啼笑皆非。

榎本星布

うの花や門を過行鏡とぎ

门前溲疏开鲜嫩，
悄悄走过磨镜人。

榎本星布（1722—1814）

江户时代中期的女俳人。师事加舍白雄。年轻丧夫，削发为尼。建立芭蕉句碑，出版纪念芭蕉的著作《蝴蝶的日光》。该书出版前失去其子唤之，此后情绪消沉。

*季语　溲疏

*赏析

题记云:“老妇化妆乃大煞风景。傍晚忆起往昔之事,不禁自言自语。”磨镜人(当时用的是金属镜子)从盛开溲疏花的门前悄悄走过。此句内容与题记相对照,感觉到飘溢着一种凄艳的情趣。一个自称“老妇”的女俳人对着傍晚盛开的白色溲疏花自言自语作此俳谐。

加舍白雄

園くらき夜を静なる牡丹かな

庭园夜黑暗，
宁静开牡丹。

加舍白雄（1738—1791）

江户时代中期俳人。主张创作俳谐应排除私意，自然天成，“不修饰别人，不修饰自己，不修饰文章”（《不修饰》）。他强调以世界万物感应于心，直入感情深处，然后用平易自然的语言表达出来，无须修饰。

***季语**　牡丹

***赏析**

白雄是江户时代俳谐中兴时期的代表性俳人之一，其作品在今天越发显示出诱人的魅力。他从青年时决心以坦直率真的风格追赶芭蕉。与他生活在同一时代的芜村也创作了不少关于牡丹的著名俳句，但多是吟咏牡丹在白昼的豪华艳丽。白雄此句中的牡丹却是在暗夜里宁静地开放。昼开夜闭的花更显得深沉妖艳，仿佛泛着一抹幽淡的寂光。这样的构思饱含幻影，是白昼的“时间”的抽象化留存，捕捉外在事物时渗透着心境的观照，是一首优美的抒情诗。芜村笔下的牡丹多是游离于现实之外的世界，白雄则从现实的世界里发现“诗眼”，结合主观性想象，沉淀深厚的诗情。

高井几董

濁り江の泡に皺よる暑かな

溽暑热难忍，
一江浊流缓缓去，
水泡折皱纹。

高井几董（1741—1789）

明和七年（1770）入芜村门下，忠实辅助芜村。编撰《其雪影》《续明乌》，成为夜半亭的重镇。芜村殁后，于天明五年（1785）任夜半亭三世。天明八年（1788），罹于大火，幸免于难，此后辗转寄食于京阪神俳友之间，晚年生活悲凉。几董纯朴诚实，严守师训，循规蹈矩，作品多以温静清雅见长。

* 季语　溽暑

* 赏析

此句描写酷暑难耐的夏天，潮湿闷热，大汗淋漓。宽阔的江面上，浊水扑哧扑哧地冒着脏兮兮的水泡缓缓流去，一个水泡接着一个水泡，消失了又冒出来。远远看去，江面就像是一张满是皱纹的薄皮，而水泡如同折叠的皱纹。当然这只是作者的心理感觉，炎热天气里的浑浊水面，似乎水泡都起了褶皱，这水泡的皱纹反过来又使人顿生心理上的热感。

高井几董

川越(かわご)えし女(おんな)の脛(はぎ)に花藻(はなも)かな

涉水过河女，
小腿沾藻花。

*季语　藻花

*赏析

此句收录在天明时代（1781—1788）的句集《井华集》里，几董挚友无肠、即上田秋成为该集作序云：“开卷顿觉色彩绚烂，夺目生辉。”夏日涉水过河的女子，洁白的小腿上沾着藻花。这首俳谐含带官能的风流情趣，给读者异常鲜明的印象。

几董的俳句多理性地把握身边的日常生活，朴实自然，流畅平淡，不事技巧。其融入芜村的浪漫性句风，形成富有汉诗及古典情趣的艺术境界。如：“深山古寺廊下静，潺湲清水润苍苔。”“庭院惜春锁门扉。”“相扑力士胜了，轻分人群而去。”“又将老一岁，夜妆对菱花。”“旅社门前春，正烧洗澡水。”等等。

井上士朗

蚊帳(かや)ごしに蕣(あさがほ)見(み)ゆる旅寝哉(たびねかな)

旅次宿舍晨醒来，
蚊帐隔看牵牛花。

井上士朗（1742—1812）

江户时代后期的俳人。妇产科医生。师从加藤晓台学俳谐，从本居宣长学国学，从范古学画。继承晓台风格，自成一派，句风平明温和，显示出天保调的萌芽。

*季语　蚊帐

*赏析

蚊帐以前是日本夏天的生活必需品，所以常出现在和歌、俳句里。隔着网眼看东西，会有一种与直接观看不同的美。短诗文学最适宜发现这种微小变化的诗意。士朗是宽政（1789—1880）、文化（1804—1818）时期声振名古屋的人物。这是他在旅次创作的俳句。透过蚊帐看见的牵牛花更显出旅途早晨景色的新鲜别致。

夏目成美

撫子のふしぶしにさす夕日かな

瞿麦茎节映夕阳。

夏目成美（1749—1816）

江户时代后期俳人。十八岁因患痛风右足不便，自称“俳谐独行之旅人”。五十多岁时把家业交给长子，自己结庵隐居，积极开展俳谐活动，他不属于任何派系，以清雅之句风、卓越之见识受人敬慕，是当时第一流的俳人，与建部巢兆、铃木道彦并称“江户三大家”。他崇尚芭蕉，是研究芭蕉的权威。作品语言凝练，体物精细，细腻地表现出都市人的敏锐感觉，可以说不受世俗浊流所污染，终生以高雅的态度贯彻芭蕉的精神。

*季语　瞿麦

*赏析

作者的目光对着身边微小的世界，瞿麦长在山野，八九月开白色或淡红色的花，楚楚动人，十分可爱。夕阳映照在瞿麦的每一个纤细的茎节上。这是典型的客观写生句，淡红色的纤细的茎节沐浴着金黄色的落日的余晖，更加耀眼夺目。作品描绘出色彩何等美丽的感觉世界，烘托出作者清雅宁静的心境。此俳句被公认为是他的代表作。

夏目成美

蝿（はえ）打（う）ってつくさんとおもふこころかな

闲来无聊打苍蝇，
忽起杀尽苍蝇心。

* 季语　苍蝇

* 赏析

苍蝇是夏天的季语，自然给人厌恶的感觉。成美腿脚不便，闲来无事，开始打苍蝇。然而他越打越来劲，忽然产生要打尽天下苍蝇的念头。当他意识到这个想法时，又为自己无法控制这种无聊的心思而觉得羞耻，甚至感觉到心里潜藏着的恐惧和不安，大概是夏日的炎热和倦怠诱发这种近乎自虐的心态吧。他非常清醒地凝视自己心灵的任何些微的变化。

葛饰北斋

ひと魂でゆく気散じや夏の原

余将化人魂，
夏日散步原野上。

葛饰北斋（1760—1849）

江户时代后期的浮世绘画家，日本化政文化的代表性人物。他的绘画风格对日本浮世绘的发展具有革命性的意义，而且对后来的欧洲画坛产生很大的影响。代表作有《富岳三十六景》《北斋漫画》等。

*季语　夏

*赏析

这是作者九十岁时病卧床上的辞世句。其意是说：我死之后，化作人魂，在夏天的原野上悠然自得地散步。“人魂”，指的是人在死去前后从体内游离出来在空中浮游的火球，日本人认为这是人的灵魂。这是出于人们相信人的体内存在灵魂这个观念。这种发光体有青色、红色、黄色等，多数拖有尾巴，亦称为青魂、飞魂、风魂、鬼火等。从科学角度来看，应该是磷火这种物理现象。从俳句的角度来说，体现了作者悠然的态度。他是长寿者，在病床上曾说：“如果上天再给我十年……不，五年的寿命，我将画出真正的画作。”俳人多有辞世句，如松尾芭蕉的“羁旅病床箦，梦绕荒野枯”，川端茅舍的“朴树散花，不知去向”等，表现出各自的心态。

建部巢兆

江に添うて家々に結ふ粽かな

沿江家家包粽子。

建部巢兆（1761—1814）

江户时代后期俳人，与夏目成美、铃木道彦并称“江户三大家”。加舍白雄门人。句风恬淡清秀，洒脱中蕴含着深厚高雅的气韵。亦善书画，画风近似芜村及土佐风格。

*季语　包粽子

*赏析

江边是一片住家，家家户户的家庭主妇都在包粽子。平白如话，意思简洁。作者的目光从“沿江”的大处深入“包粽子”的小处，从“沿江”的外面深入“家家”的内面，最后定格于小小的“粽子”，表达家庭主妇在端午节消灾祛病、祈愿家人健康的心情。

小林一茶

古郷（ふるさと）やよるもさはるも茨（ばら）の花（はな）

迢迢回故乡，
野蔷薇花处处开。

小林一茶（1763—1827）

信浓农家长子，三岁丧母，一生大多穷困潦倒。俳句吟咏庶民的喜怒哀乐，句风平实通俗，明白如话，清新轻妙，表现出农民的强烈个性。然而，他的这种充满泥土气息的大众性通俗性俳谐在当时得不到社会的承认，至明治四十年代以后，人们才从反映生活的辛酸、被压抑的人性和抵抗的呼喊的视角重新认识一茶俳谐的价值。芭蕉、芜村、一茶是江户时代的三大俳人，一茶是后期的代表。他的俳句是心灵被蔑视的贫寒的农村知识分子愤世嫉俗、嬉笑怒骂的真实写照，折射出时代的褶皱。

* 季语　野蔷薇花

* 赏析

野蔷薇，生长于原野，枝上有尖刺，初夏开芳香小白花。此句中的“野蔷薇花”语意双关，写作者回到故乡，到处受到冷遇，家乡的人对他充满敌意，令他如被刺扎一样疼痛。

享和元年（1801），一茶的父亲死后，他在继承遗产问题上与继母、异母弟发生纠纷达十二年之久。直至文化十年（1813）一月在普提寺住持的调解下始告解决，一茶分到房屋、田地等遗产，定居老家柏原，雇人种地，自己奔波于江户等地，积极开展俳谐活动，生活安定，精神上也得到很大的满足。这首作品是他于文化七年（1810）回故乡谈判遗产问题时的感受。《七番日记》记载道：“雨，辰时入柏原。参拜小丸山墓。见村长等后，入我家。果不出昨日所料，一杯白开水也不给，遂匆匆离去。”小丸山墓是一茶父亲所葬之地。村长乃名主嘉佐卫门。一茶从江户奔波六十里回到故乡，却受到继母和异母弟的冷遇，连一杯白开水也不给。此句表现出作者悲伤、憎恶的心情。

小林一茶

うつくしや障子(しょうじ)の穴(あな)の天(あま)の川(がわ)

纸窗小洞里，
银河美无比。

* 季语　银河

* 赏析

一茶在江户居住的房子很破旧，纸窗已破出小窟窿。作者透过这小洞瞭望夜空，发现银河十分美丽。一茶的写景俳谐从不是单纯的状景述物，这里借助一个小小的发现所感受到的“美”含着他独特的苦涩。他描写“小洞”的其他俳谐如：“背脊发凉，原来墙上有小洞。”“墙上窟窿，望见故乡初雪。”都具有鲜明的印象。

《奈良兴福寺》土屋光逸

小林一茶

穀値段どかどか下るあつさ哉

热浪年年升，
谷价天天跌。

* **季语**　热浪

* **赏析**

夏天炎热，稻谷饱满，丰收在望，农民心里喜忧参半，喜的是丰收在望，忧的是谷价下跌。一茶出生于不算富裕的农民家庭，对农民境遇十分关心，虽然身在城市，心却挂念农村的收成。又如“听得田里雁声叫，今日村中人又少”，雁群南飞时，很快就要进入降雪的冬季，男人们离村出外打工，只剩下老人、妇女和小孩留在村里度过严冬。描绘出农村凋敝破产、一片萧瑟的景象。“稻熟水排走，鱼儿回故乡”，一茶想象着故乡该是割稻的时节了，水稻成熟，把田里的水排走，等田干了以后好收割。此句构思奇崛，虽然水田放水时鱼儿不会随着流水游走，但作者以回乡心切的鱼儿的虚构诱发静谧寥寂的心灵感受。

尽管人在都市里，一茶始终没有失去农民气质，那土地的气息是用都市的繁华洗刷不掉的。他是农村贫困与城市流民生活的体验者，在华丽的作品后面一直隐藏着他人生的凄苦，同时也揭示出社会与个人的矛盾。正因为一茶一直为生存而挣扎，他对风花雪月的感受绝不是那些有闲俳人的无病呻吟、附庸风雅，所以季题在他的作品里失去了中心的位置，对生活本身表现出无比的关心，季语只是表现生活的“语言”而已。

小林一茶

一尺の滝も涼しや心太

一尺瀑布亦清凉，
凉粉垂下来。

*季语　凉粉

*赏析

凉粉是从四角形的竹筒里压挤出来的，一茶把垂落下来的凉粉比喻为“一尺瀑布”。但是，此句的创作大概有着芜村“仰头吸凉粉，银河倒挂三千尺”的背景。芜村借用李白的典故创作风格高雅的俳句，而一茶故意以乡土气息的作品相对应，说道“一尺的瀑布也很清凉的啊”。

《东京十二景之龟户桥》吉田博

村上鬼城

馬に乗って河童遊ぶや夏の川

河童骑马戏河川。

村上鬼城（1865—1938）

患重度耳疾，一生多贫困，其作品充满平民的感情，表现对贫穷、疾病、残疾、弱者、被欺凌者的无限同情，吟咏人生不幸的忧愁苦恼，显示出与艰苦境遇进行拼搏的顽强不屈的意志，句风粗犷。

* **季语** 河童

* **赏析**

河童是日本传说中的想象动物，水陆两栖，形如儿童，面似虎，嘴尖，身上有鳞，发有刘海儿，头顶有坑，坑里有水，常在河里溺死儿童。在河里玩水的儿童总是提心吊胆地害怕河童，但鬼城笔下的河童和玩水嬉戏的儿童一样天真可爱，活泼快活，骑着马在水里玩耍，一副兴高采烈的样子。

村上鬼城

露涼（つゆすず）し形（かたち）あるもの皆（みな）生（い）ける

露水凉，
有形万物皆生存。

*季语　露水

*赏析

选自《鬼城句集》(1917)。“有形万物”大概指包括生物、非生物在内的地上的一切东西。鬼城患耳疾，几乎完全失聪。大概由于这个原因，他的俳句中的鸟类等动物多是遭遇悲惨的命运。鬼城的清朗乐观的句风也因此给人的印象更深刻。季语“露凉”所产生的存在感是其他词语不可替代的，造就出“有形”的思想。

《富岳三十六景之神奈川冲浪里》葛饰北斋

正冈子规

糸瓜咲て痰のつまりし仏かな

丝瓜花盛开，
痰堵成佛去。

正冈子规（1867—1902）

俳人、歌人。他推动俳句、短歌的革新运动，大力开展“日本派”俳句，发行《杜鹃》，成为俳坛主流。他是明治俳论的开拓者，也是近代俳论的开创者，“子规派”的作品使俳句以崭新的面貌出现在明治新时代的俳坛上。主张写生手法，句风富于变化，情趣丰富，最能表现他的奔放不羁的诗魂和追求纯粹诗歌精神的力量，晚年追求平淡隽永。患肺疾、脊椎骨疡，卧床不起。歌集有《竹乃里歌》《病床六尺》等。

* 季语　丝瓜花

* 赏析

子规庵种有丝瓜，夏末秋初开花，搭架遮阴，亦可药用，止咳祛痰。子规患肺病，明治三十五年（1902）九月十八日，喉咙被痰堵塞，不能出声，丝瓜水已无济于事。乃仰卧走笔作三首绝笔俳句，这是其中的第一首。他已经意识到死神的临近，把自己描写为死去之人，即“佛”。另两首是:“无济丝瓜水，难止一斗痰。”“前天十五夜，未取丝瓜水。”当时习俗，以为饮十五日夜间所取丝瓜水，可祛痰，但前天晚上没有取，可能因为病情恶化吧。这三首俳句是典型的自我客观写生句，将视觉捕捉的客观事物与具有抑制感情功能的诗型结合在一起，进行客观的自我审视，从喉咙堵痰的“生”彻悟到死后的成佛，心态之平静令人惊叹。子规于翌日凌晨殁。句风之平淡体现出子规坚毅的精神、从容的态度、淡泊的心怀，是他一生终极的概括，不愧为人生绝唱，最是脍炙人口，所以后人称子规忌日为“丝瓜忌”。

夏目漱石

叩(たた)かれて昼(ひる)の蚊(か)を吐(は)く木魚哉(もくぎょかな)

敲木鱼，
吐出白日蚊。

夏目漱石（1867—1916）

小说家，其作品具有鲜明的现实主义倾向，《我是猫》等是日本近代文学的代表作。受子规的影响创作俳句，句风注重创意，构思新颖，趋于浪漫，或洒脱幽默，反映作者高雅澄洁的心境。他的俳句叙述主观感受，好用汉语、俗语。

*季语　蚊

*赏析

漱石于明治二十八年（1895）任私山中学教师后，创作俳句的热情急剧提高。这首著名的俳句就作于这一年。据《夏目漱石全集》补注云，大田南亩有俳句“白日敲击木鱼，吐出蚊子来”。漱石的俳句是否模仿南亩的作品，现在无法查考，但他在创作时也许脑子里无意识地浮现出自己曾经读过的作品，因为此句的气氛与《草枕》有相通之处。

尾崎红叶

炎天（えんてん）や誰（た）が子（こ）はだしの放（はな）し飼（がひ）

暑夏烈日烧，
谁家小孩光脚丫，
放牧任奔跑。

尾崎红叶（1867—1903）

小说家、俳人。与山田美妙成立砚友社，创刊《我乐多文库》。在俳句方面，成立秋声会，与日本派对抗。俳句集有《红叶山人俳句集》《红叶句集》《红叶句帖》。

*季语　暑夏

*赏析

红叶是小说家，也是令人瞩目的俳人。他首先发起明治时期的新俳句运动，后来由正冈子规拓宽道路，得以完成。据说红叶为得到一个妥切精确的词语，斟酌锤炼，反复推敲。这一点与子规大相径庭，这是由于他坚持与子规的写生主义完全不同的道路的缘故。所以，他的破格作品也多有趣味。此句描写光着脚丫的小孩子在烈日下奔跑玩耍的情景，气韵活跃。

松瀬青青

甘酒屋打出の浜におろしけり

甜酒贩，
来到打出滨，
卸下担。

松濑青青（1869—1937）

与关东的杜鹃派对立的关西俳坛的重镇。曾任小学教师、银行职员，后上东京任《杜鹃》编辑。回大阪后任《朝日俳坛》评选人。其句风受日本派的影响，朴素稳重，观察敏锐，情趣丰饶，具有汉语的节奏感，音调整饬。

*季语　甜酒

*赏析

打出滨，位于大津市松本町的海滨。贩卖甜酒的小贩来到此地，放下肩上的挑子，开始做买卖。“甜酒贩”的“俗”与海滨的“雅”在这首俳句里得到奇妙的搭配，在“海滨”这个大自然中捕捉“甜酒贩”这个人，描绘出一幅具有奇特构思的景象。得到子规的高度评价：“甜酒贩，先是确定主人公；打出滨，接着确定地点；卸下担，最后确定主人公在这个地点的位置，这样的顺序仿佛表现甜酒贩占据整个海滨的心态。情趣全见于此。”“无论是情趣还是情趣的表现方式，都是古今罕见之句。”（《病床六尺》）

松瀬青青

日盛りに蝶のふれ合ふ音すなり

盛夏阳光里，
听见蝴蝶相触声。

*季语　盛夏

*赏析

作者不说“酷暑”，酷暑给人炎热的感觉。“盛夏阳光”的表现比较柔和，尽管也是火热的，但更有阳光充足的感觉。在这样充满阳光的世界里，有两只蝴蝶正在天真愉快地游戏，它们追逐嬉戏，发出翅膀相触的声音。不言而喻，蝴蝶的翅膀触碰不会发出声音，人也根本听不见，所以作者听到的是心理上发出的声音，是一种想象，是一种幻听，仿佛蝴蝶在高密度的空间里翅膀相触，发出琴弦般的声响，把读者带进虚实相济的微妙境界。此句在写生基础上，加入作者的主观情绪，具有幽玄感。

河东碧梧桐

五月雨や鴉草ふむ水の中

梅雨天，
乌鸦踏草丛，
水中间。

河东碧梧桐（1873—1937）

早期投入子规的俳句革新运动，成为新派俳句的代表性俳人。后提倡“新倾向派俳句”，与高滨虚子对立，着意部分写生、发挥个性、强调主观心理描写，形成暗示性的句风。最后摆脱定型和季题的传统格式，提倡自由律俳句。1933 年六十岁时退出俳坛。他的句风历经多次变化，富有题材个性和象征含义。句境开阔，生动新鲜，以新词入句，灵动活泼，在题材个性化和词汇使用上具有强烈的时代气息。有的一句使用几个不同季节的季题，后期还创作不少破格句，无季题句，甚至有的句作长达三十多音，类似“自由诗”。

*季语　梅雨

*赏析

这首俳句收于日本派第一部句集《新俳句》，标志着以正冈子规为首的近代俳句的诞生。五月梅雨天，草丛浸透着雨水，乌鸦两脚牢牢地踩踏在水里。作者以乌鸦自喻，表现出为近代俳句的诞生而呐喊的年轻俳人的雄心壮志，充满自豪的心情，从中可以感受到时代气息。乌鸦印象鲜明，一个“踏”字，显现出意气高昂的形象。

河东碧梧桐

汐のよい船脚を瀬戸の鴎は鴎づれ

潮送船行逐浪飞，

濑户海鸥相呼唤。

* 季语　海鸥

* 赏析

作者乘坐轮船航行在濑户内海上，只见晴空湛蓝，大海一碧万顷，水天一色，潮涌浪翻，轮船乘风破浪。海鸥在轮船周围自由自在地飞翔，有的呼朋唤侣，有的随波逐流。“相呼唤”，仿佛海鸥陶醉在心旷神怡的精神世界里，表现出作者愉悦的心情。原文采用五五三四五节的二十二音，节奏比较缓慢，形成散文般的感觉。碧梧桐并不严格遵守俳句的音数，往往根据内容来选择，这首俳句的音数可以表现舒畅明朗的旅情这个内容的律动性。

河东碧梧桐

空(そら)をはさむ蟹(かに)死(し)にをるや雲(くも)の峰(みね)

浮云聚群峰。
堪怜一只死螃蟹，
双螯夹虚空。

* 季语　云峰

* 赏析

这首俳句是碧梧桐在新倾向俳句运动初期的代表作。新倾向运动曾风靡一时，不久内部发生分裂，于是他对俳句的出路进行种种探索实验。夏日的天空，白云浮动，聚合离散，蔚为壮观。在这壮美的天空下，沙滩上一只死去的小螃蟹，它的双螯朝上，似乎夹着天空。它想夹着什么，却终于未能夹着。此句似乎表现碧梧桐的新倾向俳句运动受到社会猛烈抨击，自己逐渐趋于孤立的悲凉心态。他对俳句的改革具有先驱者的勇敢精神，却未能受到主流俳坛的理解，是一个富有魅力的悲剧性的改革者。

高滨虚子

磐石(ばんじゃく)の微動(びどう)してゐる清水(しみず)かな

潺湲清清水，
巨石微微动。

高滨虚子（1874—1959）

大正后半期的俳坛领袖。与河东碧梧桐并称子规门下双璧。与河东截然不同，虚子自称“守旧派”，坚持传统，主张俳句的内容可有自由的思想，但十七字的定型、一句独立、季题是不可动摇的铁则。以子规的写生论为基础，倡导客观写生“讽咏花鸟”，并努力推动行吟创作的实践。他主持的《杜鹃》培养出一大批大正、昭和时代俳坛的代表性作家，成为日本俳坛历史最悠久的杂志之一，大致反映出明治、大正、昭和三个时代俳句史的大观，受人推崇。昭和二十九年（1954）被授予文化勋章。一生留下数量庞大的句作，风格或平易淡白，或秀逸轻妙，或纯朴清新。著有《高滨虚子全集》（十六卷）。

*季语　清水

*赏析

这是虚子年轻时候的作品。清水潺湲，一块巨石兀然矗立水中，流水从石头底部分成两股环绕着轻轻流淌，波光粼粼，轻波荡漾，看上去好像石头在微微晃动。“巨石”和“微动”形成微妙的观照，显示出巨石沉稳坚定的气势。

高浜虚子

蜘蛛(くも)に生(う)まれ網(あみ)をかけねばならぬかな

生为蜘蛛，
须结网。

*季语　蜘蛛

*赏析

此句作于昭和三十一年（1956）七月十七日在鹿野山神野寺举行的学习会上。十九日在镰仓举行句会时，他还吟咏“我亦如蜘蛛，生来须结网”。前一首俳句含带着一种悲哀的感觉，后一首俳句在悲哀中联系到自己发出的感慨。这“蜘蛛网”的影像在老年的虚子心里纠结缠绕，给予他某种刺激。

《富士山》吉田博

臼田亚浪

郭公（かっこう）や何処（どこ）まで行かば人（ひと）に逢（あ）はむ

杜鹃飞处不见人。

臼田亚浪（1879—1951）

短歌师事与谢野铁干，俳句师事高滨虚子。创刊《石楠》。他对杜鹃派的季题情趣和新倾向派的散文化风格都持反对态度，主张“定型季感诗”，在内容上追求“诚”和“自然感觉”，被称为新理想主义或新浪漫派俳人，其作品极力表现内一致的紧张充实的力量，具有内省的魅力。句集有《亚浪句钞》《旅人》《白道》等。

* 季语　杜鹃

* 赏析

夏天，作者病愈，前往草津温泉疗养，独自行走在信州高原的树林间。看见一只杜鹃在空中飞翔，杜鹃无论飞多远，都看不到一个人影。无疑，这杜鹃寓意他本人，孤独寂寞的心情跃然纸上。希望见到人，希望和人说话，但听到的只有杜鹃的鸣叫，姑且当作人的说话声吧。

这时，亚浪的健康和在俳句创作理念上都遇到困难，为解除这种苦恼，他投身于大自然的怀抱，以求得身心的解脱。但是，他发现与杜鹃一样，怎么飞都看不到尽头，无休止的行走本身才是排除苦恼的真正方式。他主张“意力表现的俳句”，带着情感浓厚的意志进行心灵的独白，他的作品没有抵达自己理论的巅峰，总是在攀登的路途上。

种田山头火

分け入っても分け入っても青い山

（わ　い　わ　い　あお　やま）

拨草觅径行复行，
满眼到处青山明。

种田山头火（1882—1940）

曾经营酿酒业、旧书店、画框店，在图书馆、区政府工作过，均失败。后出家，一钵一笠云游四方。他在明治时期创作定型俳句，大正时期受荻原井泉水提倡的具有“光”和“力”的散文律俳句影响，入其门下，开始创作自由律俳句。他的俳句是他人生的写照，这也正是他人生俳句的存在意义。句风平易简明，多使用口语，托物寄怀，别具一格。句集有《草木塔》，遗稿集有《守愚》等。

***季语**　青山

***赏析**

种田山头火于大正十四年（1925）抛妻弃儿，在报恩寺出家。翌年开始一钵一笠云游四方，在九州岛、四国、山阳、山阴等地行游。曾四次结庵，最终在松山结一草庵隐居。

此句前言题为“大正十五年四月，背负无以解脱之迷惑，走上行乞流浪之旅途”。山头火皈依佛门，“松树皆垂枝，南无观世音”，“晨暮撞钟听松涛”，“久不扫墙根，忽见野花开”。但这种“说是宁静也宁静，说是寂寞也寂寞的生活”还是无法摆脱内心的烦恼，并没有找到自己的存在感，黄卷青灯的寂寞反而刺激他对人间欲念的渴望。本想皈依佛门断绝一切人间的欲念，却耐不住寂寞，又找不到人生的答案，无法治愈心灵的创伤，只好云游天涯，以求解脱。他袈裟芒鞋斗笠，托钵拄杖，云游四方，在夏天的山间拨草觅径，艰难前行，满眼草木碧绿，前方仍然是逶迤群山。不论走到哪里都是一片绿色，心想也许翻过这座山就能看见辽阔的平野，但还是被绿草翠木包裹着，仿佛青山无穷无尽。尽管山中景色佳美，却无法摆脱绿色的纠缠，不免心里焦躁，流露出沉重的郁闷心情。所谓“远山无限碧层层”，“步步是道场”，（《禅林类聚》）现实中的满眼青山，草木碧绿，与精神上的清净修行，寻求对自我的解脱，自然而然地融为一体。

种田山头火

蜘蛛は網張る私は私を肯定する

蜘蛛必定结蛛网，

我自肯定我自己。

*季语　蜘蛛

*赏析

山头火在致友人的信中说："与其说我走得疲惫，不如说活得劳累。一步坚强地迈出去，另一步却衰弱得跟不上去。前后步子的紊乱实在无可奈何。"他强烈意识到外在世界与内在世界的矛盾，想与外在世界断绝，只面对自己的内心求得解脱。虽然他曾经陷入极度的"悔恨、哀愁、颓废、虚无"，"茫茫漠漠、空空寂寂，是死是疯？谁知我心？"的沉沦里，但对自己的人生基本上持肯定的态度，尽管没有成为开悟之人。当然，这个"肯定"的背后必然闪动着"否定"的因素，所以他的作品真实地直视着人生的两面。他孜孜追求的是回归存在的世界，既不是佛教大彻大悟的世界，也不是自暴自弃的世界，而是经过宗教的世界通往艺术的世界——人间现实的世界。

渡边水巴

産衣着てはやも家族や蝉涼し

婴儿试新装，
已是吾家一成员，
蝉声好清凉。

渡边水巴（1882—1946）

大正四年（1915）成立曲水吟社，翌年创刊俳句杂志《曲水》，任社主长达三十年。他主张俳句的本质在于情调，其作品强调表现个人的情绪主观性，具有唯美倾向，兼有纤细潇洒的江户情趣。著有《水巴句集》《白日》《富士》《夏天的风景》《新月》等。

*季语　蝉声

*赏析

此句题为《初为人父》。长子出生，一家人非常高兴，手忙脚乱地给他穿上新衣服。一阵忙乱之后，忽然发现这个刚刚出生的婴儿已经成为家庭的一员了。这时外面的蝉声听起来都感觉到清爽凉快。语言透出长子出生、家庭添丁的热闹气氛和作者发自内心的喜悦心情。

渡边水巴

水無月（みなづき）の木陰（こかげ）によれば落葉（おちば）かな

伏月避树荫，
落叶应纷纷。

*季语　伏月

*赏析

伏月是阴历六月。倘若六月天到树荫下避暑，树叶定然纷纷飘落。这指的是常磐树落叶。作品的意思简洁明了，高滨虚子对这首俳句有一段著名的评价:“不说炎热”，不是“酷暑”，而是“伏月”，这就是作者的主观意识。“伏月树荫”比“酷暑树荫”更少客观性。而且使用一个“避”字，则视树木也有感情。作者到树荫下避太阳的时候，树木仿佛富有感情地纷纷落叶。在这里，虚子准确地指出水巴初期的创作不是客观写生，而是主观写生。

尾崎放哉

仏(ほとけ)にひまをもらって洗濯(せんたく)してゐる

向佛请个假，
正在洗衣服。

尾崎放哉（1885—1926）

曾去朝鲜任日本火灾海上保险公司经理，翌年辞职，到中国东北寻找工作，未果，又与妻子离异，孑然一身回到京都，在各地寺院一边干活一边创作自由律俳句，翌年开始托钵放浪生活，最后死于西光寺南乡庵。放哉初期创作文语定型俳句，后采用客观叙述法表现生活时，出现口语化的倾向。也许只有口语自由律最能表现他的孤独、贫穷、流浪、疏狂的一生境遇。遗著有句集《大空》。

*赏析

选自《大空》(1926)。这本句集被视为自由律俳句的金字塔。放哉抛弃社会地位，远离世俗，以自我毁灭的生活方式填补自由律俳句的不定型空间。这是放哉流浪到须磨海边的须磨寺担任供香客朝拜的大师堂看门人时的作品。这种工作有时非常忙，要洗衣服，只好向佛请个假，“佛”与“洗衣服”本来风马牛不相及，在这里却奇异地紧密结合在一起。放哉的自由律俳句经常没有季语。

尾崎放哉

入(い)れものが無(な)い両手(りょうて)で受(う)ける

没有盛的东西，

就用双手接吧。

*赏析

这是放哉的名句。放哉穷得身无一物，当别人施舍给他东西（食物）时，连盛东西的容器都没有，只好用双手捧接。“没有盛的东西”，说得十分坦率。“就用双手接吧”，充满感激之情。这平白如话的语言里饱含着难以言表的辛酸，然而，“就用”两个字透出作者感激之情和孩子般的天真，似乎显示出对自己一贫如洗人生的洒脱。放浪于形骸，忘情于艺术。俳句既是自我的真实写照，也暗含着对理想的憧憬；既是诗歌，也是宗教，在仿佛没有悲剧阴影的语言背后潜藏着对人生、对世界的怀疑和思考。比如“脚掌洗就白”，此句平白如话，脚掌自然一洗就干净，但这是放哉生活的真实，以平淡的语言表达平淡的真实，正是放哉俳句的本来精神。

尾崎放哉

咳（せき）をしても一人（ひとり）

咳嗽也一人。

＊赏析

此句作于南乡庵。句意平白如话，放哉患喉头结核，经常咳嗽，孤独一人，连咳嗽也无人过问，无人关心，只有咳嗽声在空荡荡的房间里回响，自咳自听，孤独人连咳嗽都是孤独的，表现出作者极致的孤寂。荻原井泉水说："放哉的孤独灵魂不仅在身体内部煎熬"，而且"离开人的世界，向着遥远的太空""放电"。(《在太空底下》) 此句原文是由三个音的三节共九个音构成的短律，是世界上较短的诗歌之一。上述三首没有季语的自由律俳句都是放哉的代表作，脍炙人口。

放哉的绝笔"春山后面烟升起"，从春天山峦的背后看见一缕白烟升起，他为春天的来临而高兴，同时也感觉到自己即将离开人世，一缕白烟的平静正是他的心态。

饭田蛇笏

死火山（しかざん）の膚（はだ）つめたくて草（くさ）いちご

死火山，
冰冷山肌缀草莓。

饭田蛇笏（1885—1962）

《杜鹃》的代表性俳人之一。在早稻田大学英国文学科学习时参加早稻田吟社，创作俳句，后入高滨虚子门下。创刊《云母》。他坚持俳句必须立足于十七音和季题两大格律，批判新倾向。主张俳句作为新时代的文艺，每一首作品都必须具有“信仰”和“热情”。句风严谨端庄。

*季语　草莓

*赏析

“死火山”，似指作者居住的山梨县附近的箱根山。冰冷的山肌上点缀着鲜红的草莓。作者通过视觉的强烈反差表现冷峻与热烈、死气沉沉与生机勃勃两种相反事物的共存。他的眼光注视着“草莓”，透出鲜红的颜色，死火山冰冷的山肌作为视点的背景，显示出感觉的敏锐余韵。

饭田蛇笏

夏真昼（なつまひる）死（し）は半眼（はんがん）に人（ひと）を見（み）る

盛夏中午，
死神看人，
半睁半闭眼。

＊季语　盛夏

＊赏析

昭和十六年（1941）夏，作者的次子、牙科医生数马因肺结核死去，年仅二十八岁。蛇笏悲痛欲绝，作七十五首俳句悼念爱子，其序云：“欲吟不敢吟，不能不吟，生涯拼着此身赋诗献于亡子数马灵前。”孩子临终前微睁着眼睛无可奈何地看着父亲，那无精打采的眼睛深处满含着悲哀凄楚。父亲从孩子的脸上看见死神的阴影。这一双眼睛仿佛就是死神的眼睛，半睁半闭地看着自己，阴森可怕。每一首俳句都蕴含着作者巨大的悲伤。

战争期间，蛇笏的五个儿子有三个应征入伍，其中长子在菲律宾莱特岛登陆时战死，三子死于蒙古。而没有入伍的次子也死于肺结核，父母亲又接连去世。“战死讣告到，秋天已来临。”“药香随命尽，寒冷飘散去。”悲伤凄凉的心境即使在吟咏花鸟的俳句里也渗透着无限的惆怅，战后的句风显得冷峭庄古、凝重苍然。

原石鼎

月さすや谷をさまよふ蛍どち

山谷明月光，
流萤皆彷徨。

原石鼎（1886—1951）

《杜鹃》的主要作者。《鹿火屋》社主。擅俳画。他认为俳句既然是诗、是韵文，就应该强调创作情感，认为有余韵的俳句才是优秀的作品。力求将发自自然的感动感应于俳句，在清寂的意态中与自然同化，具有丰富的感性，后逐渐转向清雅古典。句集有《花影》《石鼎句集》《深吉野》等。

*季语　流萤

*赏析

作者曾在吉野山里的诊所一边打工一边创作俳句，这是当时的作品。流萤群在月光照耀下的山谷间飞来飞去，“彷徨”一语具有的膨胀感造成微妙的韵味。在同一时期还有这样的俳句：“流萤离浅滩，游玩堤坝上。”通过贴切的动词反映对流萤的情感转移，使俳句产生有趣的表情。这正是艺术高度凝练的奥妙。

原石鼎

夕月に七月の蝶のぼりけり

七月傍晚月初上，
一只蝴蝶飞上天。

* 季语　七月

* 赏析

傍晚时分，残霞余晖的淡紫色天空升起一轮洁白的月亮，一只蝴蝶翩翩飞起。天色还很明亮，蝴蝶清晰可见，然而，傍晚是日与夜的转折点，是具有透明感的虚幻的时间。在这样的时空里，一只蝴蝶先是风姿轻盈，接着垂直飞起，这光景犹如印象画的剪影。蝴蝶是什么颜色呢？给读者提供想象的空间。淡淡的叙事手法如同憧憬月亮的蝴蝶一样象征着作者对俳句余韵的追求，此句意境非常美。

原
石
鼎

初夏(しょか)の瞳海(どうかい)を飛(と)ぶ蝶(ちょう)一つ(ひと)

初夏一只蝶，
飞过我瞳海。

*季语　初夏

*赏析

初夏时节的清爽心情，像一幅前卫派的绘画。“瞳海”是作者的造语，意为“深蓝色的瞳孔”，把这个瞳孔扩大开来，仿佛有一只蝴蝶在里面飞翔。石鼎写夏天的俳句，如“夏天又来到，天空多美好”，非常通俗，直抒胸臆，完全是情感的奔放，没有任何修饰。“又来到”是对大自然四季变化的顺从的态度，把自己放进大自然的怀抱，有一种透明感。

《别府观海寺》川濑巴水

中塚一碧楼

明易き腕ふと潮匂ひある
（あけやす　うで　うしお　にお）

夏日早破晓，
忽闻手上海潮味。

中塚一碧楼（1887—1946）

《海红》的代表性俳人、社主，新倾向俳句运动的核心人物之一。鼓吹“无中心论”和口语自由表现体，后来又创作口语自由律俳句，发起自由律运动。句风由新倾向的奇拔渐趋抒情自由律，朝适应人道主义的时代思潮发展，明快甘美，以柔和的语调吟咏生活的悲哀。

*季语　夏日

*赏析

此句题记云“艰苦开创时代”。夏日破晓早，在天色未明之际，忽然闻到残留在自己手上的海潮的气味。这微细的气味让作者想起在海里游泳的情景，这是青春的标记，也含带着一抹淡淡的悲哀。一碧楼说道：“有生命的俳句必须触及人生”，“每一首俳句都表现近代气氛，自然而然地流露出哀愁、疲倦、不安，这是极其自然的。”（《蜗牛》）他指出俳句虽然已经从老年情趣中摆脱出来，却还停滞在中年情趣里，“有生命的俳句”即使流露出“哀愁、疲倦、不安”，也仍然是健康青春的。“能登突进大海里，秋阳光灿烂”，一碧楼到北陆地区旅行，想象在晚秋灿烂阳光照耀下的大海波光粼粼，能登半岛在遥远的地方伸进大海里。

室生犀星

山やけて天つ日くらしきりぎりす

烈日烧灼浅间山，
却见螽斯活世间。

室生犀星（1889—1962）

诗人、小说家。起先创作诗歌，后在佐藤春夫、芥川龙之介等作家的影响下创作小说，他的小说带有浓郁的抒情色彩。诗集有《爱的诗集》《抒情小曲集》，小说有《嚼断舌头的女人》《隐秘的哀愁》等。

*季语　螽斯

*赏析

此句题为《浅间山》。描写炎炎烈日照射下的浅间山的山容山姿，气势雄伟。“烧灼”自然是浅间山在烈日烧烤下如同死去一般，山岩赤红，没有生气。然而，在山脚下的草丛里，在阳光照射不到的草木背面，还有生命的存在，螽斯依然活在世间，或许还能听到轻微的叫，这个声音渗透进热天空间的深处。在这里，山间与螽斯的大与小、高与低、热与凉、死与生形成强烈的对照。此句是犀星的代表作。

杉田久女

日覆（ひおひ）かげまぶしき潮（しお）の流（なが）れおり

遮阳篷下刺眼睛，
海水滚滚流。

杉田久女（1890—1946）

昭和初期的女俳人。先为《杜鹃》同人，后被《杜鹃》开除，精神上受到沉重的打击，此后创造力急速衰退。作品起先具有平淡轻灵的情趣，后由于激烈倔强的性格、家庭不和的原因，转向通过写生表现内心强烈奔放的情绪，达到心象与事象的一致，以极其丰饶广博的知识构筑浪漫的理想世界，凸显其自我意识的觉醒。晚年冷寂孤独，陷于精神错乱的极度苦闷。句风热情奔放，绚丽浓艳，极具丰饶的感受性，成为近代女性俳句追求自我感受风格的源流。

* 季语　遮阳篷

* 赏析

这首俳句题为《昭和十年以后》。句意明白如话，没有深奥的含义，只有平实的表达，一幅夏日海轮上的写生画。作者站在船舷的栏杆边，遮阳篷遮挡着强烈的阳光，但作者还是感觉刺眼。这不是阳光直接照射眼睛，而是照射在滚滚流淌的海水上反光的刺眼。她的写生句已经超越客观写生，具有丰饶的热情和奔放的浓烈，反映出她的女性主体意识。

芥川龙之介

松風（まつかぜ）をうつつに聞（き）くよ夏帽子（なつぼうし）

似梦非梦听松涛，
一顶遮阳帽。

芥川龙之介（1892—1927）

小说家。师从高滨虚子学习俳句，后喜古典俳谐，倾心于芭蕉。著有《澄江堂句集》。

* **季语**　遮阳帽

* **赏析**

这首俳句题为《震灾后过增上寺旁》。日本于大正十二年（1923）九月一日发生关东大地震，三个月后，芥川在致室生犀星的信函中抄录此句，应该是他地震后不久的作品。《澄江堂句抄》中有这样一段题记："偶过芝山内，见万株长松无恙，宛若与故人相逢，欣怀不能自禁。"大地震造成一片废墟，但作者在增上寺附近看到松树没有倒毁，依然发出阵阵松涛声，逃脱了灾难的业火，感觉就是个奇迹，欣喜不已。听着松涛，仿佛是在梦中，处在梦幻与现实之中，或许想象到未来的复兴。遮阳帽无疑是夏天的季语，形象地浮现出作者走过松林的姿态。

芥川龙之介

水洟や鼻の先だけ暮れ残る

鼻涕流淌啊，
唯有鼻头还活着。

*赏析

此句题为《自嘲》。是芥川的名句，也可以视为他的辞世句。创作年代不详，没有季语，因芥川在七月二十四日自杀，遂归于“夏”。乍一读，的确像是“自嘲”的自画像，还有一丝幽默的感觉。再一琢磨，这幽默中可能深含着读者难以理解的彻骨的悲哀。芥川在自杀的前一天晚上，把这首俳句写在斗方上，托叔母交给他的好友下岛勋，第二天晚上服了安眠药。

“鼻涕流淌”是否因为感冒，不得而知，但的确是自我写照，一个“啊”字，有所停顿，写出苦涩的“自嘲”。鼻下是鼻涕，唯有鼻头还活着，鼻头是尊严的象征，鼻涕代表病态的肉体，鼻涕代表精神，但精神也已经破损，遍体鳞伤。芥川的名篇《鼻子》写到禅智内供的鼻子，这是自尊的体现，意味着黑暗中看见生的启示，他的悲哀、寂寞贯穿他的整个作品、整个人生。

栗林一石路

シャツ雑草（ざっそう）にぶっかけておく

衬衫扔在杂草上。

栗林一石路（1894—1961）

无产阶级俳句的主要代表。1941 年在日本警察镇压进步俳人的“镇压俳句事件”中被捕，在狱中被关押两年半，保释出狱后，失去创作自由。1946 年，一石路联合主张定型和自由律的俳人成立新俳句人联盟，当选为干事长，后还担任日本民主主义文化联盟常任理事、新日本文学会常任干事等。

*季语　衬衫

*赏析

此句没有直接描写劳动，但读者可以想象出劳动的背景。干重体力活的人把汗水湿透的衬衫脱下来随手扔在杂草上，继续干活。茂盛的“杂草”和“扔”的动作的粗鲁十分协调，产生一种强韧的力量效果，可以说是对在烈日下劳动的那健壮强劲的身体的讴歌，使读者感受到劳动的艰辛和尊严。这是一石路的代表作。因为这一句，一石路的忌日被称为“杂草忌”。

一石路主张自由律是进步的思想俳句的发展道路，无视季题，经常采用记述式的方法，更注重表现作者意图的积极性，以至于完全打破原有的形式。

栗林一石路

メーデーの腕（うで）くめば雨（あめ）にあたたかし

五一劳动节，
大家互相挽胳膊，
雨水也温暖。

*季语　五一劳动节

*赏析

此句作于 1946 年。那是日本自 1936 年禁止五一节活动整整十年后第一次恢复举行的全国性劳动人民的节日。在战后开放的气氛、民主运动处于高潮时期，第十七届五一劳动节在改称为“人民广场”的皇宫前广场隆重举行。那一天刮风下雨，但大家热情高涨。一石路的俳句基本上明白如话，无须解释。这是他吟咏五一节的代表作。

《鸭》桥口五叶

川端茅舍

朴散華即ちしれぬ行方かな

朴树散花，
不知去向。

川端茅舍（1897—1941）

因患脊椎骨疡，后半生多卧床。他通过对自然的赞美获得自我意志的磨炼，以准确新颖的比喻、拟声语和紧凑弹动的音调塑造多姿多彩的造型美。他追求俳句之道的强烈个性和人与物化的顺应自然具有浓郁的芭蕉遗风，同时也渗透着西方式的美学意识。

* 季语　朴树花

* 赏析

朴树花开九瓣，淡黄，香浓。茅舍住处院子里种有一棵，“朴树开花病亦愈，犹如我灵魂”。然而，一天忽然飘落，作者失去自己的喜爱，感到无限的惆怅空虚。“散花”是落花之意，也指佛教法会的散花。“不知去向”，这是落花从病卧在床的作者视野里消失，身心衰竭的茅舍的灵魂离开躯体，在“散花”与“不知去向”这同一时间、同一空间的造型里游荡，想到诸佛来迎，既坦然面对，又深感悲哀。虽说“不知去向”，但没有丝毫的担心，落花终归回到大地的怀抱。此句作于病笃时，是茅舍的辞世句。茅舍吟咏朴树的俳句还有如：“朴树开天下，我在花下卧。”“朴花犹如青云志。”“父亲等待我等待，朴树花盛开。”等等。

桥本多佳子

いなびかり北よりすれば北を見る

闪电如在北边天，
我观北边天。

桥本多佳子（1899—1963）

俳句先后师事杉田久女、高滨虚子、山口誓子。后与西东三鬼等成立奈良俳句会，对俳句向现代的过渡进行许多有益的探索。她以鲜明准确的笔触表现女性感情的奔泻与心灵的矛盾，时而清峻，时而婉丽，写出许多感人肺腑的佳作，是昭和中期第一流的女俳人。

* **季语** 闪电

* **赏析**

这首俳句的内容不过是说“我望着闪电的方向”，但“闪电”这个原因的存在，造成“观”的结果。这种因果关系，即以人对刺激的本能性反应为基础创造的小宇宙，使作品产生如闪电般压倒读者的力量。人与大自然相比，显得异常渺小。世界千变万化、错综复杂的结构有时可以以很单纯的现象表现出来，“闪电”给读者一个属于自己的独立世界，带着作者对自然界的敬畏感和寂寥感。

桥本多佳子

蛍籠昏ければ揺り炎えたたす

笼中萤火暗，
摇动萤火亮。

* 季语　萤火

* 赏析

作者对此句的自注云：“战后第一次在京都看到卖萤火虫的，便买一个回家。第一天和第二天晚上，萤火虫灿灿发光，后来逐渐暗淡下来。我几次摇动，让火光增亮一些，仿佛摇动我即将熄灭的心灵之火。”当生命之火和心灵之火逐渐暗淡的时候，作者使劲摇动着，显示着不安的情绪和坚强的意志，试图重新燃烧起来。另外如“这方寸已乱，怎一个愁字了得，独对漫天雪”，作者凝视纷纷扬扬的漫天大雪，一种对生命强烈的眷恋涌上心头，难以排遣。

桥本多佳子

罌粟ひらく髪の先まで寂しき

罂粟花艳红，
寂寞至发梢。

＊季语　罂粟

＊赏析

多佳子的俳句总体情调是含悲带愁，尤其在丈夫去世以后，情绪更加低沉，所以句中出现“寂寞”“寂寥”“岑寂”的词语较多。鲜艳的罂粟花进入观赏者的眼睛里、心情里，纤薄的花瓣与尖细的发梢似乎纠缠在一起，红与黑交织成只有观者本人才能听到的音色。多佳子生活的时代，罂粟还不是违禁品，有的人家院子里作为观赏植物栽种，开花时花蕾翘起，仿佛展露美丽的笑容，朝开夕谢，往往给悲叹青春易逝的多愁善感的少女带来感叹。作者从花中感受到孤独，寂寞感一直渗透到感觉迟钝的发梢，荡漾着阴郁的余韵。

日野草城

見えぬ眼の方の眼鏡の玉も拭く

只眼已失明
犹擦眼镜片

日野草城（1901—1956）

早年组织成立京大三高俳句会、三高京大俳句会，创刊《旗舰》。他标榜自由主义，创作无季俳句、连作俳句，成为俳句新兴运动的旗手。把短歌的感觉移植到俳句中，运用直接把握对事物感触的手法，以甘美新颖的抒情句风打破大正末期俳坛的低迷，具有知识阶层明朗的感觉，开创一个清新的时代，起到从大正向昭和过渡的作用。昭和十六年（1941）退出俳坛，战后创刊《青玄》。

*赏析

昭和二十六年 (1951)，草城的右眼因患青光眼失明。右眼即使戴眼镜也看不见，但他还是擦着右边的镜片。长年卧病的不幸使他极为悲伤，句中的语调却极其平淡，平淡如水，却饱含着深沉的悲哀。这是一首定型无季俳句，虽然没有季语，但具有很浓的诗意，并不亚于季题俳句。草城殁后，山口誓子认为这是他的代表作之一。

日野草城是无季俳句的积极倡导者，主张连作俳句的第一首使用季语，其他可以不用季语，关键在于注重连作整体的节奏感。他提出“新兴俳句”这个名称，主张站在自由律表现的立场上创作贴近生活的俳句，显示着与文坛传统势力进行抗衡的勇气。

富泽赤黄男

草二本だけ生えてゐる時間

时间，
只长着两棵草。

富泽赤黄男（1902—1962）

1935 年参加日野草城的《旗舰》，为其主要成员。战时应征入伍。他的作品具有强烈的理智，带着特异感觉的幻想性的乡愁，以超现实主义的色彩显示着俳句发展的新的可能性。战后创刊《太阳系》《蔷薇》，任社主。

*赏析

此句见于赤黄男的最后一部句集《默示》，其中作品大多晦涩难懂。作者所描写的是一个只长着两棵草的世界，无限的时间在上面流逝，一切都显得虚无。赤黄男强烈拒绝现实性，营造虚空的极致境界。“只长两棵”显然是对空间的把握，而且是几乎一无所有的空间，最后加上时间轴，给读者造成意外的效果，凸显出时间无形沉默的流动感。这首俳句所表现的荒凉，或许是茫然，或许是静谧的时间，无疑是作者回首一生时感觉到的极限的时间。

赤黄男对俳句的独特解释始终不能为俳坛所理解、所接受，他陷于极端孤独的境地。晚年他一心思考俳句的“纯粹孤独性”，并且以对形式残忍的破坏试验其俳句向“诗歌的纯化”的倾斜。语言的表现越发单纯，越具透明感。如“没有脑袋的孤独，可是鸡的飞跑？”“蝉蜕终于，变成风的咒文”，等等。

富泽赤黄男

軍艦が沈んだ海の老いたる鷗

军舰沉没处，
海上老海鸥。

*赏析

战后，赤黄男从历经七年的战场回国，战败的社会是一片废墟，不得不在困顿的底层挣扎生活，更不堪忍受的是日常性的精神荒芜。这种日积月累的艰辛悄悄地侵蚀着他的心灵，使他迅速衰老。眼睛里的大海只有“沉没的军舰”和“衰老的海鸥”，这两个物象也许正是作者本人的象征。战后，他的作品逐渐出现“黑”色调，这是他身心疲劳的表现。如：“一只黑蝴蝶，从我身后飞过来，身心疲劳吗？”“黑手放在云彩上，夏天觉疲劳。”“树梢渐枯萎，凝视黑墓碑。”等等。

石田波乡

蚊(か)を搏(う)って頬(ほお)やわらかく癒(い)えしかな

打蚊子，
脸颊觉柔软，
病痊愈。

石田波乡（1913—1969）

松山人。曾任《马醉木》总编。与中村草田男、加藤楸邨等被称为“人间探求派”，昭和时代前期的俳坛核心。创刊《猫》，任社主。句集有《鹤之眼》《惜命》等。

*季语　蚊子

*赏析

选自《春岚》(1957)。此句作于昭和二十六年 (1951)。在前一年，他的代表性句集《惜命》刚刚出版，收入如“百劳叫唤声迸发，做完胸部整形术”这样吟咏结核整形手术的壮烈惨绝的作品。波乡经过三次整形手术，基本获得成功，在俳坛内外的声望也开始急剧上升。创作此句的时候，他已经具有外出活动的信心，准备在俳坛上大显身手。身体恢复时期的暗自喜悦在“脸颊觉柔软，病痊愈”的表现中充分流露出来。

石田波乡

プラタナス夜（よ）もみどりなる夏（なつ）は来（き）ぬ

夏天已到悬铃木，
夜色也变绿。

*季语　夏天

*赏析

选自《石田波乡句集》(1935)。波乡出版句集《鹤眼》的时候，从《石田波乡句集》中挑选不少作品编入，但此句落选。不过，在后来出版自选句集时，将此句作为《鹤眼》的作品选入。这首俳句被视为波乡创作初期的代表作。他没有挑选此句的原因，大概是觉得过于稚嫩甘美而不好意思吧。但此句最终被读者认可，成为名作。

《富岳三十六景之甲州犬目峠》葛饰北斋

松本孝

芥子咲けばまぬがれがたく病みにけり

罂粟开花时，
难逃病折磨。

松本孝（1906—1956）

其父为宝生流能演员，但以病弱，终无法继承父业，师从高滨虚子学俳句。《杜鹃》同人，与中村草田男、川端茅舍等成为俳坛重镇。尤其与同样病魔缠身的茅舍同病相怜，交往甚密，两人的俳句都多使用“如”“似”之类的比喻，其句境亦被称为“茅舍净土”“孝净土”。

*季语　罂粟

*赏析

罂粟在初夏的阳光里，摇曳着熏风，绽开四瓣鲜红的花朵，给人明亮可爱的感觉，同时那晨开晚谢的花瓣也给人纤弱的感觉。作者说每年罂粟开花的初夏，自己就一定要生病，好像两者有必然的关系。他在《松本孝句集》中说："入春到梅雨季节，神经衰弱。……每年如此。"其实他的一个当医生的门生说虽然两者没有直接关系，但因为易于伤害的脆弱体质、尖细神经与罂粟花或许有所感应吧，也不能完全排除。

松本孝的父亲是宝生流能演员，他本人幼年时也登台演出，但因病弱最终无法继承父业。他的俳句始终贯穿着宝生流能的艺术精神，时而流露出病人纤细脆弱的神经感受，时而表现出刚毅顽强的性格，时而色彩华丽，具有唯美倾向。同时追求表现形式的完整美。

图书在版编目（CIP）数据
初夏谒日光 / 郑民钦编著. —北京：现代出版社，2019.11
（风雅俳句系列）
ISBN 978-7-5143-7673-9

Ⅰ. ①初… Ⅱ. ①郑… Ⅲ. ①俳句—诗歌欣赏—日本
Ⅳ. ①I313.072
中国版本图书馆CIP数据核字（2019）第132528号

初夏谒日光

作　　者：郑民钦
责任编辑：申　晶　朱文婷
出版发行：现代出版社
通讯地址：北京市安定门外安华里504号
邮政编码：100011
电　　话：010-64267325　64245264（传真）
网　　址：www.1980xd.com
电子邮箱：xiandai@vip.sina.com
印　　刷：北京瑞禾彩色印刷有限公司

字　　数：110千字
开　　本：880mm×1230mm　1/32
印　　张：6.125
版　　次：2019年11月第1版
印　　次：2019年11月第1次印刷
书　　号：ISBN 978-7-5143-7673-9
定　　价：56.00元